KB024461

산책주의자의 사생활

산책주의자의 사생활

사람, 사랑, 삶의 모든 골목길에서
쓰고 그리다

황주리 글·그림

파람북

산책주의자의 사생활

초판 1쇄 인쇄	2018년 9월 5일
초판 1쇄 발행	2018년 9월 21일
지은이	황주리
펴낸이	정해종
책임편집	강지혜
편집	김지용
마케팅	고순화
경영지원	이은경
디자인	ZINO DESIGN 이승욱
온라인 홍보	메이커스&파트너스
제작	정민P&P
펴낸곳	(주)파람북
출판등록	2018년 4월 30일 제2018-000126호
주소	서울특별시 마포구 마포대로 109, 롯데캐슬프레지던트 101동 1501호
전자우편	info@parambook.co.kr
대표전화	02-2038-2633(편집) 070-4353-0561(마케팅)
ⓒ	황주리, 2018
ISBN	979-11-964388-0-7 (03810)

- 이 도서의 국립중앙도서관 출판예정도서목록(CIP)은 서지정보유통지원시스템 홈페이지
  (http://seoji.nl.go.kr)와 국가자료공동목록시스템(http://www.nl.go.kr/kolisnet)에서 이용하실 수 있습니다.
  (CIP제어번호: CIP2018028667)

산책주의자의 사생활

세상의 모든 걸음은 산책이다. 산책이란 전쟁이 아닌 평화 속의 목적 없는 걸음이기도 하다. 며칠 전 보았던, 우크라이나나 러시아의 분쟁지대 작은 마을의 일상을 그린 다큐멘터리 영화가 떠오른다. 때로는 멀리서, 때로는 섬뜩하게 가까이서 들려오는 전쟁의 소리를 들으며 살아가는 할머니와 손자의 이야기였다. 할머니는 말한다. "폭격이 끝나면 허브차를 마셔요. 폭격소리가 계속되면 손이 떨려요. 손이 떨리는 걸 손자가 볼까 봐 청소를 해요. 전쟁과 청소라니 기가 막히죠." 전쟁 중에도 작은 평화가 순간순간 찾아든다. 짧지만 휴식을 주는 산책이다.

요즘 무슨무슨 '주의자'라는 말을 흔히 듣는다. 그만큼 인간의 생각과 이념의 종류가 다양해져서 존재하는 인간의 수만큼이나 많은, 각기 다른 '주의'가 존재할지 모른다.

평화주의자, 이타주의자, 개인주의자, 쾌락주의자, 낭만주의자, 집밥주의자, 미식주의자, 무정부주의자, 꽃주의자, 사랑주의자, 실용주의자, 자연주의자, 난민보호주의자, 난민반대주의자, 낙관주의자, 비관주의자, 관찰주의자, 채식주의자, 합리주의자, 원칙주의자, 기회주의자 등.

오랜 세월 통용되어온 사회주의자, 공산주의자, 민주주의자, 민족주의자 등의 거창한 이념과 몸짓을 넘어, 아직도 빈곤과 질병과 전쟁이 계속되고 있는 세상에서 나는 감히 '산책주의자'라 불리고 싶다. 천재지변 등이 일어나 다른 별로 이사를 가야 한다면, 이 지구별에서 가장 기억에 남는 것은 세상의 각기 다른 골목길들을 산책한 일일 것이다. 세상 곳곳의 모르는 골목의 지도는 산책자인 나를 늘 설레게 한다. 조용한 걸음으로 골목 안으로 들어서면 어디로 이어질지 모르는 낯선 세상에 도착한다.

사람과의 만남도, 사랑하던 순간의 기억도 골목길을 산책하는 것과 닮았다. 누구나 내면에 자신만의 골목길을 지닌다. 참 많은 세상의 골목 안으로 들어가 보았다. 설레는 마음으로 골목 안으로 들어가던 발걸음의 기억도 생생하다. 내 삶의 산책은 언제나 내게 주는 선물이었다. 오랜만에 산문집을 펴내면서 '산책주의자의 사생활'이라는 제목이 흘깃 스치고 지나갔다. 마치 은하수의 수많은 별들을 골무에 꽂아두는 것처럼, 살아온 순간들 속 수없이 많은 빛나는 기억들을 한 권의 책에 꽂아놓았다.

눈을 감으면 환하게 눈 속으로 비춰 들어오던 어린 날 툇마루에 쏟아지던 햇빛과 시시각각 표정이 달라지던 해바라기와 다정했던 견공들과 단단하게 굳은살이 박인 모든 먹먹한 이별들과 이름 모를 세상의 모든 골목길들, 돌아보니 금세 사라지고 없는 나의 산책길에 친구가 되어준 모든 것에 감사한다.

초등학교 시절 화집에서 처음 만난 반 고흐의 해바라기 그림과, 사춘기 시절 내 마음을 딱 그대로 옮긴 듯 빠져들었던 시 구절도 함께 떠오른다.

"노오란 해바라기는 늘 태양같이 태양같이 하던 화려한 나의 사랑이라고 생각하라.

푸른 보리밭 사이로 하늘을 쏘는 노고지리가 있거든 아직도 날아오르는 나의 꿈이라고 생각하라."

함형수 「해바라기의 비명」 중에서

황주리
2018년 9월

차례

프롤로그   산책주의자의 사생활   005

● 1   플라이 미 투 더 문

'처음'에 관한 명상   015

나는 그 사람이 아프다   018

마음의 저작권   022

네버랜드 이야기   028

겨울 이야기   032

기차여행의 추억   035

티베트 가는 길   041

사랑한다, 힘내라   047

그녀 목소리   049

떠나가는 배에 관한 명상   052

보석 이야기   056

나의 계곡은 푸르렀다   060

바로 그 사람   064

미래 이야기   067

2   마음이 따뜻한 사람이구나

하늘나라우체국   073

동생이 없는 새해 아침   077

어머니의 애창곡   079

플라이 미 투 더 문   086

아버지와 마지막 춤을   091

기침, 가난 그리고 사랑   095

내 사랑 뚱개   099

마음이 따뜻한 사람이구나   106

그림값   110

나혜석과 마리 로랑생   113

오늘도 걷는다, 고로 존재한다   116

3   나의 밤은 당신의 낮보다 아름답다

내 마음속의 작업실   125

별들이 있는 풍경   132

하루만 빌려줘   137

개에 관한 명상   140

건망증에 대하여   144

달구경   147

나의 밤은 당신의 낮보다 아름답다   151

여든 살 국군 포로를 위한 노래   155

예술가의 집을 찾아서   160

뉴욕에서 다시 삶을 생각하다   164

4   잔지바르 또는 마지막 이유

오슬로, 백야의 기억   171

케냐 코어에서 만난 아이들   175

둔황 밍사산을 그리다   180

스리랑카, 잃어버린 시간을 찾아서   184

카프카의 도시, 체코 프라하   194

이스탄불, 순수박물관에 가다   198

호주 아웃백, 울루루를 향하여   203

하늘 도시, 뉴멕시코 스카이시티   207

사라예보의 봄   212

에스토니아 탈린의 밤하늘   216

크라쿠프, 구도시의 추억 220

욕망이라는 이름의 전차, 뉴올리언스 224

아버지에서 아들에게로, 볼리비아 포토시 230

미얀마 바간에서 아침을 237

시칠리아, 꿈속의 도시들 241

아바나에서 멈춰버린 시간 245

낯선 행성, 마카오 250

마다가스카르, 안타나나리보 254

잔지바르 또는 마지막 이유 260

원난성 사시, 그 고독한 우주 264

마추픽추 가는 길, 페루 쿠스코 268

섬 속의 도시, 그리스 산토리니 273

코카서스, 바람의 도시를 가다 277

1
플라이 미 투 더 문

식물학botany │ 130×162cm │ 2017

'처음'에 관한 명상

라디오를 듣다가 인상적인 이야기를 들었다. '처음'이라는 주제로 시청자들의 문자를 받는 코너였다. 누군가는 첫사랑에 관해, 누군가는 첫 키스에 관해, 누군가는 첫 월급에 관해, 누군가는 첫 출산에 관해, 누군가는 첫 항암치료에 관해 자신들의 이야기를 하고 있었다. 기쁘고 슬프고 아프고 무서운 우리의 잊지 못할 '처음'에 관한 이야기는 사람마다 모두 달랐다.

처음이란 단어는 얼마나 두근거리는 느낌인가. 아니, 사실 어떤 일이든 처음은 두렵다. 생애 처음으로 했던 일들을 생각한다. 태어나서 처음 수영을 한 순간을 떠올린다. 수영장이든 강물이든 바다든 처음 뛰어든 물은 두렵고 신비로웠다.

죽기 직전까지 가보는 아슬아슬한 놀이기구를 처음 타본 순간도 떠올린다. 다시는 타지 않으리라 맹세하면서 그 뒤로도 한 스무 번은 더 탔다. 처음 기차를 탄 날을 생각한다. 아주 어렸을 적 할머니를 따라 탔던 부산행 열차, 도중에 간이역에서 내려 잔치국수를 먹던 기억도 떠오른다. 처음 비행기를 탄 순간을 떠올린다. 제주도에 가는 길이었던 것 같다. 예쁜 스튜어디스 언니가 눈깔사탕을 나누어주던 기억이 난다. 처음 초등학교에 간 날을 기억한다. 그렇게 커 보이던 네모난 운동장에 주눅이 들었던 기분이 아직도 내 마음 어딘가에 숨어있다.

　나는 지금도 넓은 거리보다 좁은 골목길을 좋아한다. 톡 쏘는 콜라를 처음 먹은 순간과 처음 스테이크를 먹은 날과 처음 생선회를 먹은 날을 기억하지 못한다. 처음 산낙지를 먹던 순간이 떠오른다. 다시는 먹지 못할 것 같은 그 잔인한 기억들은 사라지고 언젠가부터 내가 제일 좋아하는 음식이 된 사연만 남았다. 처음 담배를 피운 날이 떠오른다. 대학입학 시험을 본 어느 추운 겨울날이었다. 처음 담배를 끊은 날도 떠오른다. 담배를 영원히 끊은 날도 생각난다. 처음 술을 마신 순간을 떠올린다. 미팅에서 만난, 이제는 기억도 나지 않는 사람과 경양식집에서 처음으로 마신 술 애플와인 파라다이스의 시금털털한 맛이 떠오른다. 처음 친구와 함께 낯선 곳으로 여행을 떠난 날도 생각난다. 처음 누군가와 사랑에 빠졌던 순간도 떠오른다.

　처음 누군가와 이별한 순간도 떠오른다. 처음 가장 가까운 가족의 죽음을 경험한 날도 또렷이 떠오른다. 아버지를 땅에 묻고 돌아온 날의 초여름 햇볕도 또렷이 기억난다. 처음 누군가의 결혼식에 참석한 날은 언제였을까? 처음 누군가의 장례식에 참석한 날은 또 언제였을까? 처음 대한민국에 통행금지가 없어진 날은 언제였을까?

　처음 해외여행을 가서 본 파리의 에펠탑과 개선문이 떠오른다. 왠지 처음 만난 자유가 굉장히 고독한 느낌이었다는 걸 기억한다. 박정희 대통령이 저격을 당해 세상을 떠난 날도 또렷이 떠오른다. 그날 나와 친구 몇은 학교 앞 빈대떡집에 앉아 잘 마시지도 못하는 술을 마셨다. 그 시절 대학을 다니던 우리 중 아무도 대통령을 좋아하는 사람은 없었다. 하지만 슬픔도 분노도 동정도 아닌 그날의 묘한 기분은 그 모든 감정을 다 섞어놓은 듯한 처음 느껴보는 기분이었다.

일본이 독도는 대한민국 땅이라고 처음으로 인정하는 순간을 상상해본다. 북한이 처음으로 진심이 담긴 악수를 건네는 상상을 해본다.

그렇게 우리의 모든 감정과 마음 씀씀이는 상황에 따라 매 순간 움직인다. 언젠가 처음 들었던 라디오 광고 중 이런 구절이 기억난다. "옷장 속에 오래도록 입지 않은 옷이 가득 차 있다면 그 옷들은 유행에 뒤진 것들이라는 뜻이다. 버려라." 언제부터 우리가 그렇게 잘살게 된 걸까? 그때만 해도 처음 듣는 문구 '버려라'는 내게 몹시 참신한 느낌으로 다가왔다. 생각해보니 버릴 것이 너무 많다. 준 것보다 훨씬 덜 받았던 것만 같은 관계의 기억, 마음 곳곳에 오랜 먼지처럼 쌓여있는 미움과 분노의 기억부터 털어버리는 거다.

가슴 두근거리던 모든 처음에 건배, 모든 중간에도, 그리하여 드디어 모든 마지막을 위하여 건배. 삶은 누구에게나 작든 크든 그저 의미 있는 여행이며 선물이기를.

나는 그 사람이 아프다

"덕선아 나 져도 되지?"

드라마 〈응답하라 1988〉에서 바둑기사인 택이가 덕선이에게 하는 말이다. 사랑하는 사람에게 우리가 바라는 건 이런 게 아닐까? "나 져도 되지?" "나 못해도 되지?" "나 살쪄도 괜찮지?" "나 늙어도 괜찮지?" 사랑, 그건 나의 아픈 곳을 쓸어주고 가려운 곳을 긁어주고 내가 욕하는 상대를 같이 실컷 욕해주며 괜찮다, 괜찮다, 그렇게 말해주는 게 아닐까? 생각해보니 돌아가신 아버지는 늘 그렇게 말해주셨다.

"성공 못 해도 괜찮아, 결혼 안 해도 괜찮아, 힘들면 돌아와도 괜찮아."

1988년 나는 뉴욕 맨해튼에서 외로운 유학생활을 1년 동안 하고 있었다. 〈응답하라 1988〉을 보며 1980년대를 떠올리면 세월의 속도에 섬뜩해진다. "언젠간 가겠지. 푸르른 내 청춘." 배경음악으로 흐르는 산울림의 〈청춘〉을 1980년대에 들었을 때는 딱 내 마음 같아서 슬펐다. 청춘이었기 때문이다.

달나라를 처음 밟은 루이 암스트롱만큼이나 외롭던 시절, 참 많은 여행을 했다. 내 인생의 여행은 지금 생각하니 선물이었다. 문득 드라마를 보다가 들은 이런 대사가 생각난다. 우리 인생에서 남는 건 돈도 명예도 아닌 기억이다. 나를 채워준 건 그 여행의 기억들이었다. 그 기억들 가운데 잊지 못할 장면이 하나 있다.

중국 윈난성을 여행하다 거대한 절에 우연히 들렀는데, 그곳에서 돈벼락을 맞았다. 아무도 없는 큰 절에 들러 수많은 불상에 마음을 빼앗긴 채 구경하고 있었는데, 문득 정신을 차리고 보니 사방에 돈이 떨어져 있는 것을 알게 되었다. 내 주머니에서 떨어진 줄 알고 지폐 몇 장을 주웠다. 하지만 눈을 들어 위를 보니 수많은 중국 인민폐들이 회오리바람에 휘날리고 있었다. 흥분된 감정을 수습하고 보니 절의 거대한 불전함이 열려있었다. 나도 모르게 제 것인 줄 알고 주머니에 넣었던 돈을 꺼내 바닥에 도로 내려놓았다.

회오리치는 돈벼락을 피해 법당문을 닫고 빠져나온 기억이 생생하다. 그 꿈 아닌 꿈을 통해 얻은 메시지가 있다. '아, 돈이다. 아니, 돈이 아니다. 아, 꿈이다. 아니, 생시다. 그게 그거다……' 뭐 그런 건 아닐까. 그렇게 재밌는 꿈만 꾸고 살면 얼마나 좋을까?

하지만 우리 인생은 누구나 슬픈 꿈들로 얼룩져있다. 시간은 쓰나미처럼 내 청춘을 쏜살같이 관통해 지나갔고, 나는 거짓말처럼 우리 나이로 60살이 되었다. 그때는 그렇게 많다고 생각했던, 우리 어머니가 남편을 잃었을 때보다 한 살 많은 나이가 되었다.

젊은 시절 그림 한 점 팔지 못하다가 팔순이 넘어 국제적인 전성기를 누리고 있는 노화가들을 보며 세상이 점점 더 좋아지고 있다고 생각한다. 좋아진다는 건 결코 경제적인 면만을 말하진 않는다. 그 나이에 그림이 아무리 비싸게 팔린다 한들 돈벼락을 맞는 꿈을 꾸는 것과 뭐가 다르랴? 1백 살까지 살면서 꿈을 버리지 않으면 시인도 화가도 될 수 있다는 희망 때문이다. 아니, 매일 딱 하루 분량의 즐거움을 만끽할 수 있다면 행복하리라.

과한 행복은 다 먹을 수도 없는 제과점 빵과 같다는 한 스님의 말씀을 따라, 내가 이미 가지고 있는 행복의 이름들을 적어본다. 햇볕과 공기와 꽃들과 사랑을 주고받았던 사람들과 동물들, 세상의 모든 풍경들과 함께했던 순간들로 행복하다. 내 부모를 부모로 만나 더할 수 없이 행복하다. 내 형제가 세상을 떠났어도 함께했던 기억들로 행복하다. 오늘 같은 겨울날, 늘 오빠 같던 어린 동생의 손을 잡고 극장에 가서 영화를 보고 나와 후후 불어가며 뜨거운 만두를 사 먹고 집까지 걸어오던 옛 기억이 행복하다. 세상을 떠난 동생이 캄캄한 하늘의 별로 떠서 내 길을 안내해주는 것 같아 슬프지만 행복하다.

문득 에피톤프로젝트의 노래 〈나는 그 사람이 아프다〉가 떠오른다. 아들을 잃은 지 1년 반이 지났는데도 칫솔 하나 치우지 않고 그대로 두신 우리 어머니가 너무 마음 아프다. 그동안 어머니는 드라마를 보는 일로 슬픔을 달랬다. 텔레비전 드라마가 그렇게 위대한지 그때 알았다. 어머니

옆에서 같이 드라마를 보다가 내용은 머리에 들어오지 않고 노랫말 하나
가 귀에 들어와 박혔다. "내 영혼을 비춰주는 어느 봄날의 햇살." 하지만
나는 이제 봄을 기다리지 않겠다. 겨울이어서 좋다고. 이왕이면 겨울답게
좀 더 추워도 좋다고.

마음의 저작권

'저작권'이라는 단어를 떠올릴 때마다 나는 대동강물을 팔아먹었다는 봉이 김선달을 생각한다. 그야말로 세상의 좋은 물들을 병에 담아 파는 생수 산업의 원조가 아닐까?

개인전을 열어 화가로 불리기 시작한 1981년, 당시 대한민국에는 저작권이라는 단어가 없었다. 누군가 내 그림 이미지로 달력을 만들면 달력 몇 개 받고 거꾸로 고맙다는 인사를 하던 시절이었다. '저작권의 시대'란 예술이 제대로 대접받는 시대를 의미한다.

그럼에도 아직은 그 의미와 파장이 혼란스럽다. 최근 사진작가 리처드 프린스의 저작권 논란이 한창이다. 리처드 프린스는 많은 이들의 인스타그램 사진 가운데 재미있는 것을 뽑아 사진을 찍고 자기 스타일로 약간 변형하는 콘셉트의 작품을 만들어 자기 사인을 해서 9만 달러에 팔았다고 한다. 인스타그램에 올린 사진을 도용당한 일반인 취미 사진가들은 자기 사진을 조금 변형한 리처드 프린스의 사진을 그대로 뽑아 9백 달러에 떨이로 팔았다. 이에 저작권 논란이 일었고, 법정은 사진작가 리처드 프린스의 편을 들어주었다.

이유인즉슨 사진작가는 자신의 콘셉트로 타인의 사진을 변형하여 자신의 작품으로 만들었으니 저작권에 위반되지 않지만, 그 똑같은 사진을 그대로 뽑아 싸게 판 일반인 사진가는 저작권 위반에 해당한다는 것이다. 사실 저작권을 문제 삼자면, 현대미술은 대부분 아프리카 미술이나 원시미술에 그 빚을 지고 있다. 피카소도 모딜리아니도 자코메티도 위대한 아프리카 원시미술에 저작권료를 내야 한다. 하지만 리처드 프린스의 저작권 논란에 의하면 아프리카 미술을 재해석한 현대 미술가들은 저작권법에 위배되지 않는다. 자신만의 예술적 시각으로 재해석했기 때문이다.

이름 없는 위대한 원시 예술가들은 고대벽화나 건축물에 자신의 이름을 새겨 넣지 않았다. 그 예술품들은 모두 신에게 바친 겸허하고 절실한 제물이었기 때문이다. 자본주의가 생겨난 이후 모든 예술품이 상업화되면서부터 저작권이라는 개념이 생기기 시작했다. 이제 어떤 인쇄물도 작가의 허락 없이 작품을 이용할 수 없는 세상이다. 하지만 나는 종종 이래도 되는 걸까 하는 의구심에 빠지기도 한다.

2003년 인사동 노화랑에서 '안경에 관한 명상' 전을 열었을 때 일이다. 전시가 끝나고 어느 중학교 미술교사에게서 걸려온 전화 한 통을 받았다. 학생들에게 집에 돌아다니는 안경 하나씩을 가져오라고 해서 그림을 그리게 하고, 그 안경들을 1백 호 크기 캔버스에 다 붙여놓으니 그럴듯한 작품이 되었다고 했다. 그 콘셉트로 중학교 미술 교과서에 '안경에 그림을 그려봅시다'라는 주제를 실으려 하는데 허락해달라는 내용이었다.

들는 순간 왠지 불편했다. 왜 많은 학생이 굳이 안경에 그림을 그려야 하는지 이해가 되지 않았다. 나는 몇십 년간 안경을 수집해왔고, 안경에 그림을 그리기 시작한 건 1980년대 말 동유럽 여행길에 폴란드 아우슈비츠 수용소에 가득 쌓여있는 유대인의 안경을 보면서였다. 그 안경들을 보며 세상에서 가장 슬픈 20세기 최고의 설치미술이라는 생각이 들었다. 오랜 세월 그냥 좋아서 수집해온 안경들에 그림을 그리면서 나는 이 세상에 이유 없는 행위는 없다는 생각을 했다. 수집한 안경들로 작품을 하게 되리라고는 예전엔 한 번도 생각한 적이 없었다. 솔직히 미술 교과서에 '안경에 그림을 그려봅시다'라는 주제로 내 아이디어가 굳이 도용되는 게 마땅치 않아서 단박에 거절했다. 그리고 몇 년 뒤 미술 교과서에 내 허락 없이 그 주제가 실린 걸 보게 되었다. 참 불쾌했다.

이후 내 안경 작업에 한 네티즌이 쓴 댓글을 보자 더 불쾌해졌다. "중학교 아이들도 하는 이런 작업을 화가가 하다니 실망이다." 차라리 그 미술 교사에게 허락을 했더라면 '황주리 안경 그림에서 아이디어를 얻은 미술 시간'쯤으로 교과서에 실렸을 것이 아닌가? 적어도 내 안경 그림을 싣고 그 옆에 학생들의 안경 그림을 싣는 게 옳지 않을까? 섬세하고 예민한 예술가들은 오늘도 매 순간 상처를 받는다. 상처를 준 사람들은 그게 왜 상처를 주는지도 모르면서 하는 일이다. 저작권이란 이 섬세한 예술가들을 보호하는 법이다. 하지만 위의 경우 저작권에 위반되는 것은 아니다. 그저 섬세한 예술가들에 대한 예의쯤이라고 해두자. 그러니까 나는 법적인 저작권이 굳이 아니더라도 예술가 마음의 저작권을 허용해주었으면 하는 바람이다.

뭐가 맞는 건지 누가 옳은 건지 헛갈리는 어수선한 세상이다. 때로 어느 작가가 먼저 한 작업을 더 유명한 누군가가 자신의 작업 스타일로 만들면 더 유명한 작가의 작업으로 인정받게 된다. 하긴 모든 발명품도 그렇지 않을까? 말하자면 운 좋은 사람이 이기는 거다.

'마음의 저작권'이라는 단어를 떠올리며, 나는 2008년 교육방송의 〈세계테마기행〉 촬영차 떠났던 스리랑카 여행을 생각한다. 수많은 불상들을 보면서 나는 그때만 해도 그 불상들이 내 작업과 무슨 연관이 있을지 생각도 못 했다. 그 뒤 라오스와 캄보디아와 베트남을 여행하면서 거꾸로 우리나라 불상들도 제대로 돌아보게 되었다. 우리 보물인 미륵보살반가사유상이 그 유례를 찾을 수 없는 독창적인 불상임을 세상의 불상들을 구경하며 알게 되었다.

캄보디아 앙코르와트에 가면 천불상 박물관이 있다. 그곳에는 옛날 옛적 그 지역에 살았던 농민들의 얼굴을 그대로 조각한 친 분의 부처님이 모셔져 있다고 한다. 그 온화하고 인간적인 얼굴들에 깊은 감동을 받았다. 이후 나는 내 시각으로 바라본 현대적 불상들을 그리는 중이다. 그러면서 앙코르와트에서 만난 그 천불상들께 마음의 저작권을 빚지고 있다는 생각을 지울 수가 없다.

안경에 관한 명상reflections on lenses │ 7×16cm │ 2000

안경에 관한 명상reflections on lenses │ 7×16cm │ 2000

네버랜드 이야기

80년대 초 〈빌리진Billie Jean〉을 부르며 문워크 댄스를 추던 마이클 잭슨을 기억하는가? '살아있다는 건 바로 저런 거'라는 뜨거운 생동감과 열기를 느끼게 해주었던 노래 〈빌리진〉이 아직도 귓가에 맴돈다. 그 목소리와 몸짓을 또렷이 기억하는 이유는 나 또한 그와 비슷한 시대에 태어나 80년대에 한창 젊음의 정상에 서 있었기 때문이다.

우리가 체 게바라를, 마이클 잭슨을 사랑하는 이유는 그들이 전혀 다른 의미에서 영원히 늙지 않는 사람들이기 때문이다. 자신이 누릴 수 있는 부와 권력을 모두 포기하고, 모든 사람들이 배고프지 않고 평등한 유토피아의 가능성에 도전하며 길 위에서 싸우다가 죽어간 사람, 체 게바라는 이 세상 모든 젊은이들의 마음속에 영원히 살아있다.

그가 바라마지 않던 영원한 승리의 그 날은 오지 않으리라는 걸 체 게바라는 알고 있었을까? 어떤 의미에서 체 게바라 역시 어른이 되기를 거부한 영원한 피터팬이다. 여기서 '어른'이란 부와 명예와 지위를 탐닉하며 늙어가는 이 세상 대부분의 사람들을 의미한다. 체 게바라의 인생의 지침서가 칼 마르크스의 이론들이었다면, 마이클 잭슨의 지침서는 동화 『피터팬』이다. 『피터팬』 속 상상의 나라 네버랜드의 꿈을 실제로 지구상에 실현하고자 했던 마이클 잭슨은 보다 직접적인 의미에서 동화 속 피터팬의 모습을 그대로 닮아있다.

마이클 잭슨은 1958년에 태어나 다섯 살부터 노래를 불렀고, 1969년 첫 번째 음반을 히트시키며 미국 팝계에 혜성 같은 존재로 떠올랐다. 그의 나이 겨우 열한 살이었다. 폭력적인 아버지 밑에서 그는 단 한 번도 어린이로 살 수 없었다. 열한 살에 스타가 되어 수많은 쇼를 하며 엄청난 노동에 시달렸다. 잃어버린 유년을 보상하듯 그는 여의도보다 더 큰 놀이공원 겸 대저택인 '네버랜드'를 현실화하기에 이른다. 그곳에서 그는 스스로 피터팬이 되었고, 아프고 가난한 아이들을 초대하여 장난감을 나누어주며 행복한 시간을 선물하곤 했다.

세계 곳곳의 불우한 어린이들을 도왔던 그의 연대기는 체 게바라의 혁명일지만큼이나 뜨거운 열기로 가득 차 있다. 아동학대 반대를 위해 유니세프에 60만 달러를 기부했고, 아프리카 대륙을 횡단하며 신체장애 어린이들을 위한 학교와 병원을 짓는 일을 도왔으며, 미국뿐 아니라 태국, 러시아, 아르헨티나, 인도, 튀니지, 유고 전쟁 지역인 루마니아, 보스니아 등지의 가난하고 아픈 아이들을 위해 공연 수익금을 기부하기도 하였다. 1993년에는 장난감 등이 들어있는 10만 개의 선물 상자를 보스니아 사라예보 공중에서 뿌려 전쟁으로 유년을 잃어버린 아이들을 위로했으며, 에이즈 환자들과 코소보 망명자들을 돕는 일, 9·11 테러 희생자들을 위해 1천5백만 달러의 기금을 내는 일도 서슴지 않았다.

죽기 며칠 전에는 북한에 억류된 미국인 여기자의 석방을 도울 수 있는 일이 무엇인지 물어왔다고 한다. 이렇게 음악에 온몸을 불사르며 동시에 전 세계의 가난하고 불우한 어린이들을 위해 싸워온 그의 삶은 혁명적이었다. 음반 제작과 광고와 영화 출연 등으로 수십억 달러를 벌어들였지만 네버랜드 운영비와 너무 큰 씀씀이로 빚은 늘어만 갔다. 게다가 2003년 어린이 성추행 등의 혐의를 받아, 2년 뒤 무죄로 판결이 나기는 했지만, 이후 그의 삶은 추락하기 시작한다.

나는 그가 흑인이라는 정체성을 부정하며 백인의 피부를 가지기 위해 30년 동안 1백 번이나 성형수술을 했다는 사실이 늘 이해가 되지 않았다. 어쩌면 그가 잊은 것은, 흑인이 아니면 부를 수 없고 춤출 수 없는 귀한 흑인의 음악 영혼을 물려받았다는 사실이 아니었는지 안타깝기조차 했다. 나중에 안 사실이지만, 그는 멜라닌 세포 파괴로 인한 백반증으로 온 얼굴에 백색 반점이 생기는 병에 시달려왔으며, 거듭되는 수술로 인해 우울증과 후유증도 심했다고 한다. 그의 이른 죽음은 이런 원인에서 비롯되었다.

흑인 음악인에게만 상을 주는 '뮤직 어워즈'에서 사회를 맡은 제이미 폭스는 고인이 된 마이클 잭슨에게 이런 헌사를 바쳤다고 한다. "우리는 오늘 이 흑인을 기리고자 합니다." 그 말을 들었다면 마이클 잭슨은 좋아했을까? 그것은 중요하지 않다. 흑인에서 백인으로 백인에서 우주인으로 끝없이 변신하며 전 지구와 우주를 끌어안은 예술적 혁명가, 마이클 잭슨의 음악은 어른이 되어버린 우리에게 언제나 영원히 아름다운 선물이다.

겨울 이야기

지하도 계단을 내려가다가 쓰러져 누워있는 노인을 보았다. 어떻게 해야
할지 몰라 한동안 머뭇거리며 그냥 서있었다. 오래지 않아 지나던 여대생
들 몇 명이 우리 쪽으로 다가와 한 명은 자기 가방을 노인의 머리에 괴어
주고, 다른 한 명은 노인의 몸을 편안하게 누이며 119에 전화를 걸었다.
그 장면을 바라보며 나는 한편으로는 마음이 훈훈해지면서도 다른 한편
으로는 나 스스로에 대한 반성을 금할 수 없었다.

만일 나 혼자 있었으면 어떻게 했을까? 귀찮아서 그냥 지나치지는 않
았을까? 어쩌면 그 노인은 가족들에게 버림받은 사람일지도 모른다. 병
원으로 신고 가봤자 치료비를 낼 사람이 없어서 속수무책일지도 모른다.
나는 이미 이런 복잡한 생각들 탓에 결코 정의감에 불탈 수 없는, 때가 꼬
질꼬질하게 묻은 어른이다.

오래전이지만 중국에서는 버스에서 누군가 사람을 죽여도 아무도 아
는 척하지 않는다는 말을 들은 적이 있다. 그 오랜 '죽의 장막' 암흑기 동
안 사람들은 잘못되어가는 일에 아는 척했다가는 대가를 톡톡히 치르게

된다는 걸 몸과 마음으로 배우며 살았기 때문이다. 나와 상관없는 일에는 눈을 감아라. 그것이 그들의 생존법칙이기 때문이다.

굉장히 오래전 일이다. 한강에 투신한 한 여인을 구출한 흑인 병사를 기억하는가? 당시 우리 중 어느 누구도 강물에 뛰어든 여인을 아는 척하지 않았다. 한국인 또한 중국인들처럼 그렇게 비정하게 살아가야 했던 이유가 분명히 있을 거다. 사는 게 너무 힘들어서, 남을 구하려다 자신이 다친 일이 너무 많아서 그랬던 건 아닐까? 지하철 선로에 떨어진 일본인을 구하느라 목숨을 잃은 한국 유학생의 소식을 접하며 참 별일도 다 있다고 무심하게 생각하기도 했다.

십여 년의 미국 생활 동안 나는 자신도 모르는 사이에 타인을 배려하는 한국과 미국 사람들의 마음을 비교하게 되었다. 뉴욕에서 산 지 한 달이 채 되지 않았을 무렵 어느 해 겨울, 나는 시내 한복판 빙판에서 미끄러져 그만 넘어지고 말았다. 순식간에 남자들 몇 명이 나를 에워쌌다. '아 유 오케이Are you okay?' 하며 일으켜 세워주는 그들에게 정말 눈물겹도록 고마움을 느꼈다. 그러면서 한국 같았으면 누가 나를 일으켜주었겠나 하고 생각했다. 하지만 모를 일이다. 사실 '땡큐Thank you'와 '아이 엠 쏘리I'm Sorry'를 남발하는 미국인들도 정말 미안할 때는 미안하단 말을 잘 하지 않는다는 생각이 들었다.

지하철역에 쓰러진 노인의 머리에 자신의 가방을 괴어주며 119 구급대를 부른 여대생들을 보며 문득 새삼스럽게 희망이라는 단어가 떠올랐다.

그렇다. 대한민국에는 희망이 있다. 열 살도 채 안 된 아이들을 낯선 땅으로 유학 보내는 어머니들의 나라, 자식에게 미국시민권을 물려주기 위해 멀고도 먼 해외 출산 원정길을 떠나는 어머니들의 나라, 자식 교육을 위해 멀리 떨어져 사는 기러기 부부들의 나라, 이 이상한 나라에 그럼에도 희망이 있다는 생각을 나는 오늘 문득 하게 되었다.

전도서의 이런 구절을 기억하는가? "헛되고 헛되다. 하늘 아래서 아무리 수고한들 무슨 보람이 있으랴? 한 세대가 가면 다음 세대가 오지만 이 땅은 영원히 그대로이다. (…) 지금 있었던 것은 언젠가 있었던 것이요, 지금 생긴 것은 언젠가 있었던 일이라 하늘 아래 새것이 있을 리 없다."

한 해의 마지막 달이 지나고 있다. 하늘 아래 새것이 있을 리 없는, 해마다 다시 돌아오는 마지막 달이다. 지하철역에서 갑자기 쓰러진 노인과 매일 아침 맨발로 엎드린 걸인을 구분하는 일도 쉽지 않다. 붕대를 온몸에 칭칭 감고 차가운 콘크리트 바닥에 맨발로 엎드린 걸인 역시 금방 죽을 것만 같다. 누구를 먼저 구해야 할지 저 풋풋한 여대생들은 알고 있을까? 나는 갑자기 아무것도 모르는 바보가 된다. 그저 헛되고 헛되니 모든 것이 헛된 기분이 드는 한겨울, 바람이 분다.

플라이 미 투 더 문

기차여행의 추억

기차, 듣기만 해도 가슴설레는 단어다.

비행기는 빨라, 기차는 길어, 하면서 낱말잇기 놀이를 하던 어린 날이 떠오른다. 초등학교 시절 내가 처음 타본 기차는 가족들과 함께 바다를 보러 가기 위해 탔던 부산행이었다. 그래서 지금도 기차만 타면 바다로 데려다줄 것만 같다. 간이역에서 내려 급한 마음으로 후루룩 불면서 먹던, 아무것도 들어가지 않은 멸치국물 그대로의 가락국수는 세상에서 가장 맛있는 맛의 추억 중 하나로 남았다. 나는 그대로 있는데, 창밖의 풍경만 끝없이 변하던 기차여행의 시간은 우리를 버리고 도망가는 무정한 세월의 얼굴을 닮았다.

가장 잊을 수 없는 기차여행이 따로 있으랴. 내가 처음 타본 부산행 열차, 대구행 열차, 목포행 열차, 춘천 가는 기차, 대학 시절 수업을 빼먹고 친구와 함께 신촌역을 떠나 문산역까지 가서 내리곤 하던 열차, 뉴욕발 워싱턴행 열차, 바이칼 호수를 끼고 달리던 시베리아 횡단열차, 유럽의 낯선 도시들을 떠돌며 탔던 수많은 기차들 그리고 처음 타본 부산행 KTX 열차……

가는 곳이 어디든 모든 기차여행길은 아름답다. 기차만 타면 마음이 넓어지는 사람은 나만이 아니리라. 모든 헛된 미망을 뒤로 하고 우리는 기차 창밖으로 멀어져가는 풍경들과 조우한다. 어릴 적 기차에서 사 먹던 삶은 달걀과 사이다 맛을 떠올린다. 지금은 기차에서 달걀을 사 먹어도 그때 그 시절 삶은 달걀보다 맛이 별로다. 어머니는 늘 말씀하신다. "늙어 봐라. 아무것도 맛있는 게 없느니라."

기차여행 하나가 문득 떠오른다. 아버지가 돌아가시던 1989년 여름, 그해 가을 일본의 몇몇 도시에서 전시회를 하기로 되어있었다. 아직 눈물도 마르지 않았는데 어머니와 나는 오사카와 교토와 나라로 함께 여행을 했다.

어머니와 함께 교토의 금각사를 보러 떠났던 기차여행길에서, 우리는 이제 다시 볼 수 없는 아버지를 참 많이 그리워했다. 일본 음식을 좋아하시던 아버지를 생각하며 기차역에서 스시를 사먹었다. 미시마 유키오의 소설 『금각사』를 읽은 기억으로 찾아갔던 금각사는 금박으로 샛노랗게 화장을 한 인위적인 기념물이어서 무척 실망스러웠다. 어쨌든 아버지를 보낸 어머니와 내가 가슴에 슬픔을 가득 담은 채 함께했던 잊을 수 없는 기차여행이었다.

기차를 처음 탄 지 40여 년이 흘렀다. 지금도 나는 시도 때도 없이 기차를 타고 싶어진다. 용산역으로 가서 KTX를 탄다면 어디로든 달리지 못하랴. 하지만 마음뿐, 몸을 싣고 달리는 기차는 한 번 떠나기가 너무 힘이 든다.

시간이 없어서일까? 같이 갈 친구가 없어서일까? 아니, 매일 밤 침대에 들 때마다 '내일은 기차를 타야지' 하고 생각한다. 시간이 없어서 사두고도 읽지 못한 소설책 한 권과 맛있는 와인 한 병을 넣어가리라 생각한다. 기차 창밖을 바라보며 하얀 겨울 풍경을 바라보는 것도 행복하리라. 생각해보니 즐거운 기차여행만 있었던 건 아니다.

뉴욕에 살던 시절, 기차를 타고 워싱턴에 살던 친구네 집에 자주 놀러 갔다. 뉴욕에서 워싱턴 가는 기차 창밖을 바라보는 일은 참 행복했다. 산과 강과 푸른 하늘과 예쁜 집들을 한없이 바라보다 보면 어느새 워싱턴에 도착하곤 하였다.

주말마다 서는 골동품 시장에서 낡은 가위나 망치를 사는 일은 그 시절 내 취미 가운데 하나였다. 그 날도 낡은 물건들을 잔뜩 사서 이고 지고 뉴욕행 밤기차에 올랐다.

선반에 올려놓기도 너무 무거워 짐을 옆자리와 바닥에 잔뜩 내려놓고는 한숨돌리고 있는데, 한 중년의 흑인 여인이 내 앞에 와 섰다. 그녀가 내게 옆자리에 누가 있느냐고 묻는데, 무심코 '있다'고 말해버렸다. 반은 귀찮은 마음이기도 했거니와 짐도 많았고 굳이 내 옆자리가 아니라도 몇 발짝만 가면 빈자리가 있었기 때문이다. 그리고 그날따라 누군가가 옆자리에 앉아 같이 간다는 사실이 싫었다.

그때 마침 건너편에 앉아있던 한 흑인 여인이 갑자기 쌍심지를 돋우고는 처음부터 그 자리엔 아무도 없었다고 따지기 시작했다. 할 말이 없어진 나는 지금 식당 칸에 가 있는 친구가 곧 돌아올 거라고 둘러댔다. 하지만 그녀는 분명히 아무도 없었다고 따졌고, 내 옆자리에 앉으려는 여자는 친구가 오면 다른 자리로 가겠다고 하는 것이 아닌가. 귀찮아서 적당히 해댄 하찮은 거짓말 탓에 문제는 점점 더 심각해지고 있었다. 어쨌든 그녀는 내 옆자리에 앉았고, 나는 그 많은 짐을 이고 지고 발도 편히 못 뻗은 채 세 시간 반을 타고 갔다.

물론 친구는 오지 않았다. 무안한 김에 책을 더 열심히 읽는 척하는데, 갑자기 내 옆자리에 앉은 여자가 내 어깨를 툭툭 치더니 도대체 누가 온다는 거냐, 식당 칸은 일요일이라 오늘은 열지 않았다고 비아냥거렸다. 앉았으면 됐지 무슨 말이 그리 많으냐고 소리를 지르고 싶었다. 아무 생각 없이 한 거짓말로 바늘방석에 앉은 기분을 견디며 빨리 시간이 가길 기다렸다. 그날따라 주변은 모두 흑인들이었다. 게다가 한인들과 흑인들 간의 감정이 대립하던 때이기도 했다. 나는 식당 칸이 아니라면 어디 다른 자리에 친구가 있는가보다고 둘러댔지만, 끝까지 내 친구는 오지 않았고, 나는 졸지에 이상한 사람이 되고 말았다. 그녀는 자신이 흑인이기 때문에 내가 옆자리에 앉는 걸 싫어한다고 생각한 모양이었다. 우리는 얼마나 많은 오해를 받으면서, 또 얼마나 많은 오해를 하면서 살아갈까? 그날따라 나는 그저 혼자 앉아 가고 싶었던 것뿐이다.

플라이 미 투 더 문

드디어 기차는 뉴욕에 도착했고, 그녀들은 비웃는 얼굴로 중얼대며 기차에서 내렸다. 집에 돌아가서도 그녀들은 싸가지 없는 동양 여자에 대해 두고두고 욕을 해댔을지 모른다.

살아가면서 사소한 거짓말로 점점 곤란한 지경에 처하는 일이 있는 법이지만, 다시 만나지 못하면 그 오해를 풀 수 없게 된다. 아주 단순하게 나는 흑인을 싫어하는 못된 동양 여자가 되어버렸다. 혹시라도 그녀들이 내가 읽고 있는 책의 글자가 한글이란 사실을 알았다면 문제는 더 커졌을 거다. 그 시절 흑인과 한국인들의 관계는 극심한 갈등의 정점이었다. 흑인들은 한국인들이 자기네 구역에서 돈을 벌면서도 자기들을 무시한다고 생각했고, 한국인에게 흑인은 여전히 생명을 위협하는 두려운 존재로 남아 있었다. 밤중에 가게에 들어온 흑인이 주머니를 뒤적거리는 걸 본 한국인 점원은 칼을 꺼내는 것이라 생각하고 총을 꺼내 흑인을 쏘았다. 그 동네 흑인들이 분노하여 일은 점점 더 커졌다. 내가 옆자리가 비지 않았다고 말한 것은 아주 나쁘게 해석될 수도 있는 일이었다.

어쩌면 인간의 역사는 끝없는 오해의 길이었는지도 모르겠다. 나는 흑인 음악과 그 혼을 사랑하는 사람 중 한 명이다. 아프리카 미술을 사랑하고, 아프리카 땅에서 횡포를 부리는 백인들을 증오하는 사람들 가운데 하나다. 그럼에도 사연은 그렇게 되고 말았다. 내가 그렇게도 사랑하는 기차여행이 너무도 괴로웠던 시간이었다. 하지만 지금은 그때 그 괴로운 뉴욕행 밤기차마저도 몹시 그립다. 나이가 들면서 몸에 나는 상처라면 몰라

도 마음의 상처는 남기지 않으려 한다. 흰 눈 위에 찍힌 발자국들이 눈이
녹으면 다 사라지듯이 우리 마음의 상처도 그러하기를.

티베트 가는 길

오래도록 벼르고 별렀던 티베트 여행을 다녀왔다. 네팔의 카트만두로 가서 국경도시인 코다리로 이동, 이름뿐인 우정의 다리에 발을 딛자마자 마치 다른 별에 온 것처럼 낯설었다. 국경에 있는 아이들은 포즈를 취해주며 1달러를 달라고 했다. 사탕이나 초콜릿을 주면 뭐 이딴 걸 주나 하는 얼굴이었다. 하지만 티베트로 들어가는 관문인 우정의 다리에서 사진이라도 찍을라치면 어느새 중국 공안들이 뛰어와 카메라를 뺏는 위협적인 행동을 했다. 얼른 카메라를 보여주며 아이들을 찍은 사진을 지웠다.

우정의 다리를 건너 티베트 국경도시 장무에 도착했다. 입국심사 및 세관검사가 이루어지는 곳이다. 입국심사를 하는 줄에 서서 기다리며, 문득 몇 년 전 개성에 갔다가 돌아오던 기억이 떠올랐다. 뭐라도 찍었을까 카메라 속 사진들을 자세히 검사하던 예쁜 얼굴의 개성 세관 아가씨도 기억이 났다. 하지만 티베트에서는 티베트 사람이 아닌 중국 공안들이 모든 관광객의 짐을 아주 오랜 시간 꼼꼼하게 검사했다. 정작 티베트에 사는 티베트 사람들은 국경을 통해 외국으로 나갈 수 없다. 티베트의 정식

명칭은 중화인민공화국의 일부인 서장자치구다. 국경에는 중화인민공화국이라는 나라 이름이 걸려있고, 여권에는 또렷이 중화인민공화국이라는 도장이 찍힌다. 나는 문득 내 나라 잃은 설움이 아닌데도 뭔가 뜨거운 것이 가슴 속 깊은 곳에서 울컥 치미는 걸 느꼈다.

재미있는 건 그들이 책을 가장 열심히 검사한다는 사실이다. 읽을 줄도 모르는 남의 나라 글씨로 만들어진 책을 왜 오래도록 천천히 한 페이지씩 넘기며 들여다보는 것일까? 당연히 세관검사는 너무 오래 걸렸다. 아주 조그만 외장하드 하나면 아무리 비밀스러운 것도 다 담아갈 수 있을 텐데, 알지도 못하는 남의 나라 글씨로 된 책을 한 페이지씩 눈이 빠지게 들여다보는 그들은 21세기 디지털 시대에 살고 있지 않은 것처럼 보였다. 아마도 티베트 독립운동에 관한 내용이 들어있는가 해서 그렇게 열심히 들여다보는 모양이었다.

여행책자에 티베트로 들어가는 국경의 관문인 우정의 다리 사진이 실려있으면 그 부분을 찢고 돌려주었다. 내가 쓰고 내 그림을 실은 수필집은 아예 뺏겼다. 아마 책 속에 여백이 너무 많고 실린 그림들이 수상하게 보인 모양이었다. 웃음이 터질 것 같았지만 아무렇지도 않은 듯 세관 심사 구역을 빠져나왔다. 나는 문득 아주 오래전에 보았던 공상과학 영화 한 편이 떠올랐다. 한 민족의 역사를 담은 책들이 모조리 금서가 되어 불살라지는 현실에 놓이자, 사람들이 도서관에 모여 그 책들을 분담해서 몽땅 머릿속에 암기한다는 기이한 내용의 영화였다. 물론 컴퓨터의 탄생을

삶은 어딘가 다른 곳에life is elsewhere │ 57×36cm │ 2018

상상도 하지 못한 시절의 영화였을 것이다. 나는 아주 오랜만에 책의 중
요성에 관해 생각했다.

　문득 복거일의 소설 『비명을 찾아서』가 떠올랐다. 일본이 조선의 모든
문명의 흔적을 다 지워버린 어느 미래에, 조선인들마저도 스스로 일본인
이라고 생각하며 살아가게 되는 끔찍한 가상의 소설 내용들이 티베트의
풍경과 겹쳐졌다. 티베트 사람들의 정신적 지도자인 14대 달라이라마는
1959년 중국 정부가 티베트의 민중봉기를 유혈 탄압하자, 우리 나이로
열다섯 어린 나이에 티베트를 떠나 인도의 다람살라에 망명정부를 세우
고 다시는 돌아가지 못하고 있다. 그가 마지막으로 머물렀던 노브링카 여
름궁전의 거실에는 시계가 하나 걸려있다. 그가 떠났던 마지막 시간, 밤
아홉시를 가리키며 멈춘 시계를 본 그날 밤 나는 아직도 조선이 일제 치
하에 놓여있는 악몽을 꾸었다. 깨고 나니 얼마나 다행이던지. 나라가 있
는 게 얼마나 행복한 건지 우리는 정말 까맣게 잊고 사는지 모른다.

식물학botany | 130×190cm | 2017

사랑한다, 힘내라

언제였던가? 어떤 극장의 전화번호를 알려고 114에 전화를 걸었더니, 아주 예쁜 목소리로 "고객님 사랑합니다." 하는 것이 아닌가? 뭔가 잘못 들은 건 아닌지 내 귀를 의심했다. 그러면서 좀 지나치다는 생각이 들었다. 한참 지나고 114의 고정 멘트는 "고객님 힘내세요"로 바뀌었다. 얼마 뒤 어느 신문에선가 이런 기사를 읽었다. '서비스 종사자들의 밝은 목소리의 그늘엔 노동뿐 아니라 감정까지 팔아야 하는 불편한 현실이 있다.' 이른바 감정노동이다. 하긴 옛날에 비하면 대한민국에서 물건을 파는 모든 행위는 믿을 수 없을 만큼 친절해졌다. 기사에 의하면, 홈쇼핑 콜센터 상담원에게 외로워서 그러니 술 한잔하자고 한다든가, 더 심하게는 아무 말 없이 신음소리를 낸다든가 노골적인 성적 폭언을 하는 고객에게 대응하는 방법이라고는 겨우 통화 내역이 녹음되고 있다는 걸 알려주는 정도라고 한다.

"고객님 사랑합니다." 하는 가냘프고 상냥한 여인의 목소리는 너무 달콤하고 자극적이다. 일찍이 "고객님 힘내세요." 했어야 옳았을지 모른다.

누군가의 고독을 달래주기엔 그 정도도 넘친다. 세상에는 외로운 사람들이 너무 많다. 가족이 있어도 소통 없이 사는 사람들도 적지 않다. 우리가 스포츠에 열광하거나, 인기 탤런트의 일거수일투족에, 아이돌의 노래에 열광하는 까닭도 따지고 보면 다 외롭기 때문이다. 외로움에 힘을 실어 우리는 그들의 광팬이 된다. 말하자면 인기인들은 노래로, 운동경기로, 텔레비전 속의 사랑의 상대역으로 불특정다수인 외로운 관객을 향해 사랑한다고 말해주는 건지도 모른다. 그들 역시 굉장한 감정노동자들이다.

사람들이 바라는 건 결국 사랑이다. 사랑이란 다시 말해 관계의 고정관념이 아니라 누군가의 진심 어린 따뜻한 관심이다. 자신을 진정으로 사랑해주는 사람이 단 한 명이라도 있다면 아무도 자살하지 않을지 모른다. 세상에 만연한 페미니즘이 싫다고 시리아로 가서 IS에 가입하려 한 십대 소년과 청와대를 폭파하겠다는 메시지를 보낸 신경증을 앓는 청년도 다 외로워서 그러는 거다.

하긴 외롭지 않은 젊음이 어디 있으랴. 어른이 된다는 건 나의 고독이 나뿐 아니라 세상 모든 사람이 지닌 당연한 감정이라는 걸 깨닫는 과정이다. 나도 너도 세상을 다 불태워도 시원찮을 만큼 외롭던 시절을 거쳐왔다. 그럼에도 살아가는 이유는 이 세상의 풍경이 너무 아름다워서, 낮잠을 자기엔 너무 아까운 시간이어서 좀 더 오래 머물고 싶을 뿐임을 젊은 그대는 아는지.

그녀 목소리

몇년 전, 새해가 밝은 지 며칠이 지난 어느 토요일이었다. 친구와 점심을 먹고 집으로 돌아오니 어머니께서 긴 전화번호 하나를 내미셨다. 신용카드 회사에서 전화가 왔는데 내 신용카드를 누군가 도용하여 560만 원을 썼다고 했다. 신용불량자가 될 수 있으니 바로 이 번호로 전화를 걸어보라 하셨다. 놀란 마음을 진정시킨 뒤 국제전화가 틀림없을 그 긴 전화번호를 눌러 황급히 전화를 걸었다.

맑고 낭랑한 목소리의 여자가 "신용카드붑니다." 하고 전화를 받았다. 그녀는 요즘 이런 식으로 카드를 도용당하는 일이 빈번하니 가까운 현금 지출기로 가서 모든 카드의 코드를 바꿔야 한다고 했다. 어눌한 여자의 목소리는 왠지 조선족이나 북한사람 말투 같았다. 말을 잘 못 알아듣겠다고 하니 자신이 휴일에 일하는 알바생이어서 그러니 양해를 구한다고 했다. 그런 일을 상상조차 할 수 없었던 나는 바로 요즘 매일 TV에 나오는 사기를 당한 사람 중의 하나가 되고 말았다.

전화 속의 목소리가 하라는 대로 따라서 하다보니 통장 속의 돈을 어딘가로 보내는 시스템이었다. 순간 그 역시 주말에만 행해지는 특수 시스템이라고 생각했다. 아니 생각이라기보다는 그냥 뭔가에 홀린 거 같다는 게 맞는 말일 테다. 어눌하고 순진하게 들리는 여자 목소리에 홀려서 아깝기 짝이 없는 93만 8천 원을 그냥 날려버렸다.

도박이라도 했다면 덜 억울할 것 같았다. 하지만 달리 생각하면 그 정도 날린 게 다행이란 생각도 들었다. 돈이 건너가는 순간 사기가 아닐까 하는 생각이 불현듯 스치고 지나갔다. 집에 돌아와 경찰에 전화를 해보니 사기를 당했으니 신고를 하라고 했다.

다시 그 번호로 전화를 거니 바로 그 목소리가 전화를 받았다. 다짜고짜 "너 사기지?" 하니까, "그래 이 머저리야. 이 전화가 국제전화인 건 아시나? 이 전화 한 통으로 북한 어린이 몇 끼 밥을 줄 수 있는지 알아?" 하였다. 북한 어린이 운운하는 바람에 나는 갑자기 바보처럼 숙연해져서 "왜 사기를 치냐, 그냥 달라고 하지." 하니까 갑자기 말투가 순해지며 "그냥 달라면 주나요? 보내주신 돈도 일부는 북한 어린이를 위해 쓰이거든요." 하는 거다.

덩달아 나도 해마다 북한어린이돕기 성금을 보낸다 했더니 "어머 그러세요? 언니. 그럼 금강산도 자주 오시고요, 배고픈 북한 주민들을 위해 북한에 돈도 자주 보내시고요. 앞으로는 이런 사기 당하지 마시고 조심하세요." 하는 거다. 그렇게 주거니 받거니 하다가 전화를 끊고 생각해보니 두 번 속은 셈이 되었다. 하지만 그녀 말투가 북한사람의 그것과 같은 것도 같았다. 중국이나 대만의 사기 조직에서 알바를 하고 있는 걸까?

TV 뉴스를 보다가 사기를 당한 사람들 이야기를 들으니 내 경우와 똑같았다. 어느 농부는 은행 빚을 갚으려고 모은 돈 5천만 원을 고스란히 날려버렸다. 어쩌란 말인가? 세상은 날로 기기묘묘한 사기들로 우리의 등을 친다. 중국에 여행을 갔다가 실종된 뒤 장기가 모두 사라진 채 발견된 관광객 이야기가 사실인지 아닌지는 모르지만 듣기만 해도 섬뜩하다.

언젠가 먹어보았을 것만 같은, 포도 원액은 들어가지도 않고 공업용 색소와 잉크로 만들어진 중국 포도주 이야기 또한 엽기적이다. '그레이트월'이라는 상표가 붙은 포도주를 베이징에서 여러 번 사 먹었던 기억이 난다. 내 기억에 중국 포도주는 값이 싸고 맛이 좋기까지 했다. 그 포도주를 모두 잉크로 만든 것은 아니겠지만, 포도주에 관한 나의 낭만적인 상상은 한방에 날아갔다.

전혀 다른 이야기이긴 하지만, 어쩌면 지난 수년간 정부가 북한에 보낸 수조 원에 달하는 북한 지원금이 배고픈 북한 주민을 돕는 데 사용된 것이 아니라, 핵무기 개발과 지도층의 외국 물건 쇼핑 등에 쓰인 것일지 모른다고 상상해본다. 그렇게 우리는 작든 크든 매일 사기를 당하며 살고 있다. 내 아까운 93만 8천 원이 북한 어린이의 한 끼 밥이라도 되었다면 얼마나 다행이랴. 하지만 그런 일은 있을 것 같지 않다.

떠나가는 배에 관한 명상

여행을 하다가 비행기나 배를 놓치는 경험을 해보지 않은 사람들은 모른
다. 떠나가는 배나 비행기가 마치 이 세상이 끝이라도 난 것처럼 허망한 마
음을 얼마나 남기는지를. 만일 전쟁 같은 비상시라면 한번 놓친 배나 비행
기로 인해 생사의 기로에 놓일지도 모를 일이다. 게다가 아무리 현대 문명
이 발전했다 해도 안개가 낀 섬에서 육지로 탈출하는 일은 불가능하다.

  2박 3일 예정으로 덕적도를 향해 떠났던 나는 포구에 죽 늘어앉은 섬
아주머니들이 파는 자연산 도다리와 노래미와 갑오징어를 구경하다가 너
무 싼 값에 홀려 육지로 가는 배를 놓쳐버렸다. 한심하기 그지없었다. 갑
자기 눈물이 날 정도로 절실해지는 마음을 그 무엇에 비하랴. 떠나가는
저 배를 잡을 수만 있다면 아무 걱정이 없을 것만 같았다. 아마 많은 일이
그럴 것이다. 떠나가는 임을 잡을 수만 있다면, 떨어진 대학에 붙을 수만
있다면, 면접에서 떨어진 회사에 취직할 수만 있다면 등. 하지만 하루에
한 번밖에 오지 않는 배가 떠났다고 해도 사실 그리 나쁠 것도 없다. 섬에
서의 아름다운 시간을 하루 더 연장받은 셈이다.

플라이 미 투 더 문

섬이란 고립의 의미뿐 아니라 감금의 의미가 있다. 날씨가 나쁘면 몇 날 며칠 발이 묶이는 곳이 바로 섬이다. 바로 내가 그랬다. 배를 놓친 다음 날 일찌감치 포구에 도착했다. 그런데 '안개로 인해 금일 운항 중단'이라는 글씨를 보았고, 정말 주저앉고 싶었다. 그 옛날 섬으로 귀향 간 선비들의 마음은 어땠을까? 그 선비들이 망망대해를 바라보던 심정으로 한참을 그렇게 바다를 바라보며 앉아있었다.

아니, 바다를 바라본 게 아니라 허공의 심연, 마음의 저 먼 끝자락에 서있는 자신의 무기력한 그림자와 만난 것이리라. 안개와 비와 폭풍과 수없이 많은 자연재해 앞에서 느끼는, 아무 힘도 발휘할 수 없다는 무력감 앞에선 제아무리 잘난 사람이라 해도 온 다리에 힘이 빠지는 법이다. 이쯤 되면 행복의 취향을 지닌 사람과 불행의 취향을 지닌 사람의 반응이 판이하게 나뉜다. 말할 것도 없이 섬에 갇혔을 때는 행복의 취향을 지닌 사람 쪽이 훨씬 유리하다. 이미 볼 곳 다 본 지루하고 따분한 섬이 아니라, 시시각각 풍경이 변하는 아름다운 섬을 즐길 수 있는 아주 드문 기회로 삼는 사람들만이 휴식의 진면목을 아는 사람들이다. 운명적인 휴식, 섬에 갇히는 것은 바로 이것이다.

하지만 우리는 대부분 동행한 친구와 그저 너 때문이니, 나 때문이니 하면서 싸움을 그치지 않는 어리석음을 범하기 마련이다. 도시에서의 일정과 다음날의 약속들이 우리를 숨 가쁘게 기다린다. 하지만 얼마나 중요한 일들이 있으랴?

섬이 좋아 도시를 버리고 직장을 버리고 섬에 눌러앉은 사람들도 있다. 어디 섬뿐이랴. 산이 좋아 네팔에서 민박을 경영하며 시간 날 때마다 히말라야에 오르는 한국인 젊은 부부의 집에서 묵었던 생각이 난다. 덕적도에서 우리가 묵은 곳도 그랬다. 섬이 좋아 섬에 터를 잡은 젊은 부부의 집이었다. 섬병이 도져서 도저히 도시에서는 살 수 없었다는 민박집 주인 부부는 한 마흔쯤 되었을까. 참, 때 묻지 않은 사람들이었다.

서포리 바닷가를 마치 제 마당처럼 앞에 둔 그곳에서, 육지로 떠나지 못한 우리는 정말 바다를 원도 한도 없이 바라보았다. 배를 놓치기 전날은 덕적도에서 배를 타고 한두 시간 더 들어가는 백아도를 다녀왔다. 그야말로 배를 놓치면 일주일 아니 한 달도 묵을 수 있다는 그 고립의 섬들이 이 세상에는 몇 개나 되는 걸까? 백아도는 그 이름만큼이나 깨끗하고 맑고 아름다운 섬이었다. 구멍가게 하나 없어서 맥주 한 병도 살 수 없던 곳, 우리는 그곳 이장님 댁에서 묵었다. 그 집 아주머니가 끓여주는 매운탕 맛도, 매일 직접 잡아 상에 올리는 생선회의 달고 싱싱한 맛 또한 섬 여행의 진수 중 하나다. 하지만 무엇보다도 섬 여행의 매력은 그곳에서 철저히 혼자가 되어보는 것이 아닐까? 책 몇 권 들고 가서 아무도 없는 바닷가에 드러누워 세월아 네월아 시간을 죽여도 좋은 곳, 도시로 돌아가면 나 자신도 머지않아 섬병이 도질 것만 같았다.

스무 살 시절엔 이런 생각을 하며 살았다. 외로운 건 섬이 아니다. 섬에서 섬으로 가려면 배를 타고 가면 된다. 몇날 며칠 안개가 자욱해서 배가 뜨지 않더라도, 그저 배만 기다리면 된다. 하지만 '나'라는 섬에서 '너'라는 섬으로 가려면 우리는 무엇을 타고 가야 할까? 우리 모두는 다 하나의 작은 섬이다. 그때의 내게는 이 세상 그 어느 곳이나 다 고립된 섬이었다. 지독하게 고독했던 젊은 날 우리 모두는 그저 표류하는 섬이었다. 섬과 섬이 만나서 아무리 곁에 있어도 그저 따로따로 섬일 수밖에는 없는 인간 존재의 고독감을 그때처럼 절실하게 느낀 적이 또 있을까?

지금 나는 일부러 고독을 찾아 섬으로 간다. 고독은 참으로 사람을 맑고 투명하게 해준다는 사실을 알기 때문이다. 덕적도에 가면 서포리나 밭지름 해변도 좋지만, 능동 자갈마당에 꼭 가볼 일이다. 평범한 자갈돌이 깔린 그곳을 이쪽에서 저쪽 끝으로 걷다보면, 그 자갈들이 마치 이 지구상의 돌들이 아니라 낯선 혹성에 불시착하여 본 신비한 돌들로 보인다. 그곳이 화성일까? 달나라는 아닐까?

정말 산책하기 참 좋은 별 지구, 그중에서도 덕적도, 그 무심하게 떠나가던 배를 어찌 잊을까. 우리의 삶도 어느 날 저 떠나가는 배처럼 무심하게 떠나가리니. 사랑하라, 무심하고 아쉬워서 더욱 아름다운, 다시는 돌아오지 않을 지금 이 순간들을……

보석 이야기

서울에 장대비가 쏟아지던 날, 나는 스리랑카에서 20일쯤 머물렀다. 그곳에서 다정하게 웃고 있는 착한 스리랑카 사람들을 많이 만났다. 옆 나라인도인들의 살벌한 표정과 무척 다른 느낌이었다. 스리랑카는 아시아 제일의 보석 산지다. 인구 중 40만 명이 보석 산업에 종사하고 있다. 그런데도 그들은 왜 가난을 면치 못할까.

보석 채굴을 아직도 과학기술이 아니라 점성술에 의존하곤 한다는데, 신기하게도 그것이 적중한다고 했다. 라트나푸라는 스리랑카의 보석 광산들이 산재한 지역이다. 오랜 영국 식민지 시절 동안 이곳에서 영국인들은 셀 수도 없이 많은 보석들을 본국으로 가져갔다. 어릴 적 읽었던『소공녀』의 아버지가 보석을 캐러 떠나 다시는 고향인 영국으로 돌아오지 못한 곳이 이곳이 아니었을까 하는 엉뚱한 생각을 하며, 라트나푸라 보석 광산중 한 곳을 직접 내려가 보았다.

노동자들은 얕게는 지하 30미터, 깊게는 1백 미터 지하의 컴컴한 굴속습한 냉기와 어둠 속에서 하루 여덟아홉 시간 동안 노동을 하고 있었다.

가파른 사다리를 타고 내려가는 길은 험난했지만, 광산 노동자들에게는 식은 죽 먹기 같았다. 몇 달을 파도 아무것도 나오지 않기도 하고, 운이 좋으면 대박을 치는 복권 당첨이 바로 그곳 사람들의 애환이었다. 하지만 그 복권은 운만 좋아서 되는 것이 아니라 고된 노동 끝에 얻어진다. 뼛속으로 스며드는 광산 깊은 곳의 냉기와 독한 담배연기로 인해 그들은 건강해 보이지 않았다.

광산 책임자를 따라가 그들이 사는 집을 구경했다. 여인들은 집안 살림을 돕기 위해 한국에 가서 일하고 싶다고 했다. 손가락에는 보석 반지 하나 끼고 있지 않았다. 보석을 채굴하며 먹고 사는 사람과 보석을 온몸에 휘두르고 사는 사람에게 보석의 의미는 많이 다를 것이다. 보석 광산과 노동자들과 그들의 집에는 화려한 보석의 낌새조차 없었다. 나는 보석들이 휘황찬란하게 진열된 시장에 가보고 싶었다. 하지만 유명한 보석 시장이라는 곳에 가서 아무리 둘러봐도 반짝이는 보석을 유리상자 안에 넣어두고 파는 보석 가게는 눈에 띄지 않았다. 단지 거리 구석구석에 서있던 사람들이 주머니에서 주섬주섬 무언가를 꺼내 보여주었는데, 작은 종이봉투에 든 반짝이는 보석들이었다.

마치 20여 년 전 유학 시절 보았던, 뉴욕 이스트 빌리지 거리에서 "스모크, 스모크." 하며 주머니 깊은 곳에서 주섬주섬 무언가를 꺼내던 대마초 장사의 모습을 연상케 했다. 주머니 속에서 비밀스럽게 꺼내 보이는 종이봉투 속에는 반짝이는 갖가지 보석들이 들어있었다. 루비, 블루 사파

이어, 가넷, 신비한 색깔의 이름 모를 광석들……

마치 불법 마약 밀매업자들처럼 보이는 이들의 독특한 상행위는 결코 불법이 아니라 한다. 진짜인지 가짜인지 햇빛에 보석을 비춰보는 보석 전문가의 생소한 모습은 신기한 풍경이었다. 나는 그들이 꺼내 보여주는 보석들을 손바닥에 올려놓고 들여다보았다. 내게 있어 보석은 무엇인가? 문득 이런 엉뚱한 생각이 들었다. 이 나이가 되도록 보석에는 아무 관심이 없는 내게 있어, 보석은 소유하고 싶은 사물이 아니라 그저 눈길과 손끝으로 만져보고 돌려주면 그만인 스치는 사물이다. 하긴 그 무엇인들 그렇지 않으랴.

특히 여행 중에 만난 보석들은 내게는 산이나 강처럼 짐 속에 넣을 수 없는 물건처럼 느껴졌다. 뜨거운 햇볕 아래 붉은색 루비들을 수없이 비춰보았다. 상처가 없어야 고가의 보석이지만, 상처가 전혀 없는 것이야말로 가짜일 확률이 높다고 했다. 내 눈으로는 보석이 진짜인지 가짜인지 도저히 감식할 수 없었다. 어머니 선물용으로 그리 비싸지 않은 놈을 사려고 반짝이는 보석을 고르고 고르다가 결국 아무것도 사지 못했다. 몇 년 전 쓰나미가 온 나라를 휩쓸었던 스리랑카의 붉은 해가 보석보다 아름다웠다. 보석 산지인 라트나푸라를 떠나며 나는 문득 엉뚱한 시구가 떠올랐다. "상처 없는 영혼이 어디 있으랴."

자화상 self-portrait │ 110×45cm │ 2018

나의 계곡은 푸르렀다

사춘기 시절 TV에서 본 〈나의 계곡은 푸르렀다〉라는 영화가 생각난다. 내용과 영상이 무척 인상적이었던 걸로 기억하는데, 사실 자세한 내용은 잘 기억나지 않는다. 우리의 지난 삶이 그런 것처럼. 삶이 아무리 힘들어도 결국은 아름다운 거라는 푸른 메시지를 담은 영화가 아니었을까? '삶이 그대를 속일지라도 노여워하거나 슬퍼하지 마라.' 젊은 날 너무 흔해서 돌아보지 않던 너무 당연한 구절, 푸슈킨의 시 구절을 요즘 젊은이들도 알고 있을까?

세상 모든 것에 유효기간이 있다는 게 서글퍼진다. 날이 갈수록 모르겠다. 정말 모르겠다, 산다는 게 뭔지. 그저 우리에게 주어진 삶이 선물이 아니겠냐고, 어머니가 선물이고 내 형제가 선물이고, 오늘 만나는 세상의 모든 사람들은 하늘이 내게 보내준 선물이 아니겠냐고, 그렇게 생각하고 싶은 봄날의 시작이다.

애증이 교차하던 친한 사람 몇몇이 세상을 떠났다. 그저 사랑만 주지 못한 마음이 안타깝다면 위선일까? 아니, 우리는 두 번을 살아도 이렇게 똑같이 살 수밖에 없다. 살다보면 더러 참 마음이 예쁜 사람들이 있다. 그들과 더불어 천년 만년 살고 싶다. 가끔은 운 나쁘게 참 마음이 못생긴 사람들과 부딪친다. 하지만 매일 모든 사람들에게서 배운다. 마음이 예쁜 사람들에게서, 마음이 못생긴 사람들에게서. "나도 그래야지, 나는 저러지 말아야지." 하는 삶의 교훈들을.

말할 것도 없이 삶이 우리에게 준 가장 큰 선물은 여행이다. 올겨울 나는 꿈에 그리던 페루와 에콰도르와 볼리비아 여행을 했다. 아, 눈부신 푸른 계곡, 페루의 마추픽추는 꿈에서 본 달나라 풍경 같았다. 길고 좁은 고풍스런 골목길들로 기억 속 깊이 각인된 쿠스코는 내가 살던 전생의 풍경 같았다. 우리가 만일 수십 개의 전생을 기억할 수 있다면, 그건 우리가 사는 동안 가본 세상의 모든 풍경들의 기억이 아닐까? 세상의 모든 계곡들은 푸르렀다.

그중에서도 TV 다큐 프로그램에서 본 볼리비아의 우유니 소금사막을 실제로 걸어본 소감은 달나라 흙을 밟은 기분이었다. 그도 그럴 것이 볼리비아 땅을 밟으려면 너무 오랜 시간 비행기를 타야 한다. 내리고 싶다고 해서 아무 곳에서나 내릴 수도 없다. 비행기 속은 감옥이거나 우주선 속 같다. 어떻게 생각하느냐에 따라 우리의 삶도 이와 다르지 않으리라.

문득 순수한 탓에 억울한 누명을 쓰고 구치소에서 한 2년 살다가 특사로 나온 후배의 말이 떠오른다. "구치소에서 제일 그리운 건 갓 뽑은 아메리카노 한 잔이었어요." 우유니 소금사막을 동행하며 아메리카노 한 잔을 나눠 마신 선교사 분을 잊을 수 없다. 볼리비아 수크레에서 20여 년째 아내와 함께 사역 중인 공 선교사는 나보다 나이가 두 살이나 어린데 치아가 한 개도 남지 않았다. 그가 틀니를 빼고 아무것도 없는 입 속을 보여주었을 때, 일말의 충격을 받았다. 볼리비아 고산지대에서 사는 사람들의 치아는 대체로 좋지 않다고 한다. 그는 왜 이 낯설고 척박한 곳으로 떠나와 20년이 넘게 살고 있을까?

우유니 소금사막으로 가는 길은 계속 해발 4천 미터가 넘는 고산지대였다. 약간의 두통과 불쾌감이 엄습했지만, 숨이 막히게 끊임없이 나타나는 절경 탓에 두통쯤은 아무것도 아니라고 느껴졌다. 공 선교사가 비밀이라도 되는 듯 조용한 목소리로 들려준 말이 두통과 섞여 내내 나의 뇌리에서 떠나지 않았다. "한국에서는 교회에 다니는 사람들은 모두 천국에 간다고 말하지만 사실 그렇지 않습니다. 성경에는 아주 극소수의 사람들만 천국에 간다고 씌어있어요."

건방진 무신론자인 나로서도 그의 말에 1백 퍼센트 공감이 갔다. 선하고 아름다운 사람들만 천국에 가리라. 교회만 다니면 천국에 간다고 믿는 위선자들은 가라, 종교의 이름으로 무지와 독선을 일삼는 사람들도 가라, 천국이 아닌 다른 곳으로.

경미한 고산증을 앓으며 도착한 우유니 소금사막은 하늘과 땅이 맞닿아 매 순간 다른 색깔로 빛나는 형언할 수 없이 아름다운 천국이었다. 나는 이 천국에서 하루를 보내며 중얼거렸다. "다시 오리라. 이 생이 다하기 전에."

바로 그 사람

나는 너무나 말이 없는 내성적인 아이였기에 그림의 길을 걷기 시작했다. 하지만 나는 지금도 모르겠다. 이렇게 말이 많아진 내가 어린 시절 그렇게 말이 없었다는 사실을.

어쩌면 한 사람이 평생 하는 말의 양은 정해져 있어서 어릴 적에 말이 없던 사람은 나이 들어 점점 수다스러워지는 건 아닐까? 이제야 모국어인 한국말을 제대로 하는 기분이다. 정말 제 나라말을 제대로 하는 데만도 평생이 걸린다.

운동화의 왼쪽 오른쪽도 구분하지 못해 운동화에다 크레용으로 표시를 해놓던 모자란 어린 시절, 미술학원에 데려다준 어머니 덕에 나는 늘 그림을 잘 그리는 아이의 대명사가 되었다. 월요일 조회시간마다 상을 타러 나가던 그 어린 날들은 내게 상이란 그리 즐거운 것도 아니고 벌이란 그저 아픈 것만도 아니라는 조숙한 깨달음을 주었다.

중학교에 들어가서는 의외로 유쾌한 모범생이 되었다. 학교 성적도 늘 전체 등수 10등 안에 들었고, 그림도 여전히 잘 그렸다. 중학교 2학년 어느 봄날에 회색 머리칼을 봄바람에 날리며 교실에 들어오신 영어 선생님을 보는 순간 감전이 되었다. 어쩌면 그게 내 오랜 사춘기의 시작이었을지 모른다. 미술반이던 내가 사진반을 기웃거린 건 사진반을 맡고 계시던 선생님 때문이었다. 선생님이 카메라를 메고 걸어가는 모습은 잔잔한 영혼에 파문을 일으켰다. 그 때 이후 내게 카메라는 무조건 아름다운 사물이었다.

어쩌면 사랑이 분명했을 그 감정은 모범생인 내게 변화를 가져왔다. 세상이 다 시큰둥해 보이기 시작했고, 공부를 뒷전으로 하고 책 읽기에 열중했다. 그 시절 우리는 왜 그렇게 데미안에 심취했을까? 요즘 청소년들은 헤르만 헤세가 아니라 베르나르 베르베르에게 심취할지도 모르겠다. "새는 알을 깨고 나온다. (…) 그 신의 이름은 아프락사스다." 뭐 이런 문구가 아직도 또렷이 기억의 수면으로 떠오른다. 내가 고독한 영혼의 세계에 입문하기 시작한 건, 선생님에 대한 사랑의 감정이 마음 깊이 자리하기 시작한 시점과 때를 같이한다. 미술반에도 잘 들어가지 않게 되었고, 선생님을 따라 카메라를 메고 이곳저곳 사진을 찍으러 다니기 시작했다.

일기장에는 온통 데미안과 선생님이 혼재된 내용의 글들을 적었다. 그 시절 내 영혼의 친구이자 감시자이던 어머니의 눈에도 딸의 일기장이 걱정스러웠나 보다. 어머니는 선생님을 가끔 집으로 초대해, 우리 집 식구는 선생님과 친척 같은 사이가 되었다. 신기하게도 가수 김현식의 노래 〈추억 만들기〉의 노랫말처럼, 내 마음은 나도 모르게 천천히 식어갔다. 선생님께서 결혼한 뒤에도, 오랜 세월 뒤 암으로 돌아가실 때까지 우리는 친척처럼 지냈다. 얼마 전 앨범을 정리하다가 그가 찍어준 내 사진들을 발견했다. 갖가지 표정을 담은, 선생님이 아니면 남지 않았을 내 청춘의 흔적들이었다.

사진이란 참 신기하다. 누가 찍었는지도 모르는 사진 한 장이 한 개인의 삶에 귀중한 자료가 되기도 한다. 새는 알을 깨고 나와 더 큰 하늘을 향해 날아간다. 어쩌면 우리가 사랑이라고 부르는 감정은 바로 그 알을 깨고 나오는 동안의 부화 시간은 아닐까? 이 장면에서 엉뚱하게도 미움의 감정으로 남은 대학 시절 은사님 한 분이 생각난다. 툭하면 수업시간에 들어가지 않고 학교 앞 찻집에 죽치고 앉아 보들레르와 토마스 만과 사르트르를 읽던 시절, 교수님은 언제나 내 그림을 나무랐다.

어느 해인가 메이데이 전시회를 하는데, 콜타르를 쓴 실험적인 내 작품이 더운 날씨 탓에 녹아내리기 시작했다. 다른 그림으로 바꿔 걸겠다 했더니, 선생님은 '네가 건 그림이니까 바꿔 걸 수 없고, 하루 종일 지키고 있으라'고 하셨다. 할 수 없이 며칠 동안 몇 시간 간격으로 그림을 바로 걸었다 거꾸로 걸었다 하였다. 이제 와 생각하니 그분이야말로 누가 뭐라든 나만의 세계에 굳건히 정진하도록 도와준 고마운 분이었을지도 모른다. 작든 크든 상처를 준 사람들이야말로 오늘의 내가 있게 한 고마운 사람들이 아닐까? 역설적이지만 그런 생각이 들기도 한다.

미래 이야기

영화 〈블레이드 러너 2049〉를 보았다. 30년 전에 나온 이 영화의 전편은 황폐해진 지구에서 다른 행성으로 이주를 해야 하는 2019년 가상 미래에서 인간을 대신해 노동을 하는 복제인간들의 삶과 죽음에 대한 영화였다. 반란을 일으킨 복제인간들 탓에 복제인간 사용금지령이 내려지고, 인간 사이에 숨어 지내는 반란 복제인간들을 찾아내 제거하는 수행 경찰을 '블레이드 러너'라고 불렀다.

　전편이 나온 1982년에도 영화 속 해리슨 포드가 열연한 블레이드 러너가 인간인지 복제인간인지 논란이 분분했다고 한다. 30년 전 젊은 해리슨 포드가 주연으로 나왔던 전작을 본 나는, 후속편에서 30년 뒤의 나이 든 해리슨 포드의 얼굴을 보는 일이 마치 나 자신을 보는 듯 참 쓸쓸하게 느껴졌다. 산다는 건 참 덧없고, 세월은 그렇게 빨리 흘러간다는 느낌과 달리 160분이라는 시간은 천천히 흘러갔다.

　왜 공상과학 영화는 늘 실제 미래보다 너무 멀리 앞서가는 것일까? 30년 전에 만든 2019년을 지금과 비교하면 터무니없다. 2018년 지금 여기, 지구의 인간들은 복제인간이 아니라 같은 종인 인간들 간의 날로 심해지는 갈등으로 난치병을 앓고 있다. 어릴 적에는 달나라에 가는 일이 곧 이루어질 것만 같았다. 요즘 우리가 가지는 복제인간에 대한 기대와 두려움도 그와 비슷하다. 30년이란 세월 동안 인류는 얼마만큼 진화했을까? 다양해진 범죄와 테러는 상상도 할 수 없을 만큼 나쁜 방향으로 심화되고 있다.

30년이라는 엄청난 세월에 관한 상상 속으로 빠져본다. 30년 뒤에 나는 아직 살아있을까? 그렇다면 무엇을 하며 누구와 함께 어떻게 살고 있을까? 마음에 딱 드는 복제인간을 곁에 두고 있지는 않을까? 딱 30년 전에 부푼 꿈을 안고 뉴욕으로 떠났다. 당시는 컴퓨터가 대중화되지도 않았고 스마트폰이라는 존재도 없었다. 밖에서 만나기로 한 약속이 길에서 어긋나면 만나지 못하기 일쑤였고, 여전히 타이프라이터를 쓰는 시대였다. 컴퓨터 바이러스니 해커니 그런 단어도 없었다. 물론 총기난사도 IS라는 단어도 존재하지 않았다.

올가을 오랜만에 찾은 뉴욕은 구석구석 새롭게 변해가고 있었지만, 이제나저제나 낡은 지하철은 그대로인 듯했다. 뉴욕의 지하철은 세계 각 나라 사람들의 각기 다른 유전자가 섞여 말로 표현하기 어려운 복합적인 냄새를 풍긴다. 향기로 치자면 한꺼번에 종류가 다른 향수들을 쏟아놓아 무슨 향기인지 모를 그저 독한 향기 같다. 시원하고 따뜻하고 쾌적한 서울의 지하철이 얼마나 안락하고 편리한지 우리는 모르고 산다. 뉴욕의 겉모습은 30년 전보다 놀랍도록 깨끗하고 안전해지고 그 많던 거지들도 다 자취를 감추었지만, 사실은 더 위험해졌는지도 모른다. 그 시절만 해도 미국이나 한국이나 위험한 사람과 그렇지 않은 사람의 구별이 덜 어려웠다. 요즘은 우리 중 누가 위험한 사람인지 구별하기 어렵다.

서울로 돌아오기 전, 라스베이거스에서 며칠 머물렀다. 그곳에서 돌아오자마자 무차별 총기난사 사건으로 수많은 사람이 사망하고 부상을 당했다는 속보를 들었고, 그 사건이 발생한 '만달레이베이 호텔'에서 서성였던 기억에 등골이 서늘해졌다. 내가 그곳을 거닐던 시간에 범인은 그 호텔에 들어와 32층 객실에서 창문을 내려다보며 대량살육을 꿈꾸었을 것이다. 범인은 특정 조직이나 이념이 아니라 세상에 대한 반감으로 가득 찬 자생적 테러리스트였다고 한다.

그러고 보니 '외로운 늑대'도 30년 전에는 없었던 단어다. 30년 뒤에는 다정한 인공지능이나 천사로봇 같은 지금은 없는 따뜻한 단어가 생겼으면 좋겠다. 무거운 캔버스도 들어주고 캔버스에 밑칠도 순식간에 해내는, 늙는다는 일이 두려운 인간의 외로운 마음을 위로도 해주는 선하고 친절한 인공지능을 그려본다. 노익장을 과시하며 늙을수록 대단한 그림을 그려내는 나의 미래를 꿈꾸며, '걱정을 해서 걱정이 없어지면 걱정이 없겠네'라는 속담을 떠올린다.

2
마음이 따뜻한 사람이구나

식물학botany | 130×162cm | 2014

하늘나라우체국

운이 나빠 이런저런 일에 연루되어 구치소에 들어간 친한 후배에게서 편지가 왔다. "카메라가 없어서 시를 써요. 다른 별에 여행 왔다고 생각하며 견디고 있어요." 나는 매일 걷는 한강 둔치에 가서 답장을 썼다. "그대에게 그 다른 별에서의 체류는 훗날 시가 되고 힘이 되기를." 또박또박 써내려간 친필 편지를 아직도 주고받을 수 있는 게 참 행복하다는 생각이 들기도 했다. 한강 둔치를 걷다보면 모래톱이 있는 작은 강변을 보게 된다. 나는 그 모래톱을 좋아한다. 그곳에 홀로 서면 누군가 이렇게 말하는 것 같다. "네 눈에 보이는 모든 풍경이 다 네 거다. 다 가져라."

어제는 그곳에 젊은 외국인 부부와 달마티안 한 마리가 그림처럼 앉아 있었다. 나는 그 풍경을 찍어서 사진작가인 후배에게 보내주고 싶었다. 면회를 가서 유리창을 사이에 두고 보냈던 단 10분 동안 우리는 무슨 이야기를 했던가? 뭐가 먹고 싶으냐고 물으니 갓 뽑은 아메리카노 한잔 마시고 싶다 했다. 어쩌면 행복은, 자유는 정말 갓 뽑은 커피 한잔 마시는 것일지도 모른다. 그러고 보면 커피는 오랜 시간 우리의 영혼을 위로해왔던 게 틀림없다. 마치 어린 시절 먹던 짜장면이 그랬듯이.

살아서 편지를 주고받는 건 아름다운 일이다. 하다못해 페이스북에서 지인들과 만나는 것도, 트위터를 통해 동시대 사람들과 만나는 것도, 살아서 누릴 수 있는 즐거움 가운데 하나가 아닐까? 그런 생각이 든 건 얼마 전 인터넷에서 '서울추모공원'을 검색하다 '하늘나라우체국'이라는 사이트를 발견한 뒤부터다. 하늘나라우체국은 사랑하는 사람을 하늘나라로 보낸 사람들이 망자에게 보내는 편지들을 관리하는 사이버 공간이다.

부모에게 아내에게 드물게는 친구나 자식에게 보내는, 이승에서 저승으로 보내는 편지들을 읽으며 너무 슬퍼서 눈물이 났다. 며칠 전 서른여덟에 돌아가신 외할아버지를 이장하기 전 유골함을 고르러 서울추모공원에 갔다. 시끄러운 거리에서 터널 하나만 지나자 이승에서 저승으로 들어온 듯 묘한 기분이 들었다. 추모공원 건물 안으로 들어서니 울음소리가 거대한 건물을 휘감고 도는 회오리바람 소리처럼 들렸다. 사무실로 들어가 직원분께 저 소리가 울음소리냐고 물으니 그렇다고 했다. 문득 무서운 생각이 들었다. 화장터와 묘지의 역할을 한꺼번에 담당하는 탓에 곡소리가 들리는 게 당연한 이치였다.

육신은 무거워도 영혼은 가볍다지만 죽어서도 갈 길이 너무 멀다. 어머니는 늘 영동에 한 줌 흙으로 묻혀있는 외할아버지 유골을 가져다 새문안교회 묘지에 묻혀있는 외할머니의 유골과 함께 장호원에 있는 가족묘지에 합장을 하고 싶어하셨다. 너무 일찍 사별한 외할머니와 외할아버지가

이제라도 한곳에 묻히고 싶어하실지는 아무도 모를 일이다. 하긴 세상의
모든 일은 산 사람들의 마음에 달렸을 뿐이다. 내 나라가 좋아진 건 삶의
영역에서뿐이 아니다. 죽음의 영역에서도 서울은 선진국 못지않게 진화
하고 있다. 서울추모공원을 답사하며 공원묘지도 미술관도 시내에 있어
야 한다는 엉뚱한 생각이 들었다. 먼 훗날 많은 사람들이 가까운 서울추
모공원에 가서 이제는 세상에 없는 그리운 예술가들을 만날 수 있다면 좋
지 않을까? 죽음이 삶과 가까운 파리의 몽파르나스 묘지에 가면 사르트
르도 보부아르도 에디트 피아프도 다 만날 수 있는 것처럼.

　예전보다 많이 나아졌다고 해도 구치소 안은 그렇지도 않은가 보다. 온
종일 일을 하고 쉬는 시간엔 카메라가 없어 시를 쓴다는 후배의 편지를
읽으며, 모든 예술은 결국 시가 아닐까, 하는 생각이 들었다. 어쩌면 세상
사에 서툰 순진한 사람들이 구치소에 가는 일이 드물지는 않을 것이다.
구치소에 들어간 후배는 악명 높은 연쇄살인범에게 밥을 주는 일도 해봤
다고 하였다. 그들은 좀 다르냐고 물으니, 후배는 웃으면서 겉보기엔 우
리랑 똑같다고 하였다.
　갓 뽑은 커피 한잔 마실 수 없는 곳이 구치소다. 바깥세상의 물건들을
전해줄 길이 없다. 영치금을 넣어주면 단지 그곳에서 파는 물건만 사서
먹고 입을 수 있을 뿐이다. 마치 이승의 물건이 저승에서는 하나도 통용
되지 않는 이치와 다르지 않다. 저승에서는 어떤 물건이 필요할까? 문득

생전에 가까웠던 화가 이만익 선생님이 떠올랐다. 얼마 전 서울추모공원에 모셨다는 생각이 떠올라 공원에 올라가 잠시 묵념하고 돌아와 내 마음의 하늘나라우체국에서 편지를 부친다.

"선생님 뭐가 제일 드시고 싶으세요?" 생전에 커피를 즐기지 않던 그분은 아마 "순대국 한 그릇." 하실 것 같다. 고향이 북한인 선생님께서 고향에도 못 가시고 왜 그리 빨리 가셨는지…… 나이 어린 내가 무슨 일이 있는지 막 대들던 기억도 다 용서하시라고 편지에 쓴다.

"선생님 그곳에서도 그림을 그리시는지요? 아마도 저승의 물감은 이승과는 다르겠지요. 살아서 몇 번이나 더 만나겠느냐 하시던 말씀이 그립게 떠오르네요. 지금 이승은 온 세상이 초록입니다."

마음이 따뜻한 사람이구나

동생이 없는 새해 아침

어머니는 아이가 과체중으로 위험하다고 하자 마취도 하지 않고 제왕절
개를 하여 남동생을 낳았고 지극히 사랑하셨다. 51년 전 동생은 어머니의
태몽에서 1백 년 먹은 거북이로 나타났다. 꿈속에서 거북이는 어머니를
등에 태우고 "내가 당신 아들이요." 했다는 말을 수만 번도 더 들었다. 어
머니는 이제 그 꿈 이야기를 하지 않으신다. 동생이 지난봄 갑작스레 세
상을 떠난 뒤 어머니는 밥상머리에서 반주를 한잔하시며 "그놈이 날 때
부터 1백 살 먹어 나왔으니 어떻게 오래 살겠니?" 하며 하염없이 우신다.
나도 따라 하염없이 운다. '하염없이'라는 단어가 강처럼 바다처럼 깊고
넓은 장소라는 걸 비로소 느낀다.

동생이 떠난 뒤 나는 동생의 핸드폰을 계속 살려두고 있다. 그 안에 저
장된 동생이 평소 좋아하던 노래들과 일기와 편지가 동생의 삶을 담은 백
과사전 같다는 생각이 들어서다. 동생이 제일 좋아하던 노래는 '프랭크
시나트라'가 부른 〈플라이 미 투 더 문Fly Me to the Moon〉과 산울림의 〈그
래, 걷자〉였다. 최근에 즐겨들으며 따라부르던 노래는 그룹 '장미여관'의

〈봉숙아〉였다. "야 봉숙아. 머 할라고 집에 드갈라고, 이 술 우짜고 집에 간단 말이고. 못 드간다. 못 드간다 말이다. 묵고 가든지 니가 내고 가든지." 이 노래를 마치 칸초네처럼 부르던 동생의 목소리를 이제 다시 들을 수 없다. 술도 잘 못하는 동생은 술을 좋아했다. 다정하게 같이 마실 걸 그만 마시라고 야단친 게 후회된다.

동생이 떠난 뒤 잠이 오지 않는 밤 펑펑 울면서 〈천국의 책방〉이라는 일본 영화를 보았다. 영화 속에서 정해진 인간의 수명은 1백 살이다. 마흔 살에 죽으면 60년 동안 천국에 있게 된다. 1백 살을 다 채우는 순간 모든 기억을 다 잊고 새로 태어난다. 1백 살에 죽은 사람은 천국에서 하루도 있을 수 없다. 정말 그렇다면 얼마나 공평한 삶일까? 영화 속에서 주인공은 늘 잊지 못하던 열 살에 죽은 동생을 천국의 책방에서 재회한다. 영화 속 천국은 죽을 때 모습 그대로 늙지도 않고, 고달픈 밥벌이를 하지 않아도 되며 풍광 좋은 곳에서 책을 읽으며 맛있는 걸 실컷 먹을 수 있는 곳이다. 딱 내 동생이 좋아하는 곳이다. 만일 그게 사실이라면, 오늘도 그놈은 영화를 보고 있을 거다. 맛있는 걸 앞에 놓고 좋아하는 영화를 보면서. 동생 없는 새해를 맞으며 앞으로 49년을 천국에 있을 동생을 위해 슬퍼하지 말자고 생각한다.

거짓말 같은 새해 아침이다.

마음이 따뜻한 사람이구나

어머니의 애창곡

어머니는 노래를 부르는 일이 거의 없다. 노래방에 가서 남들이 다 노래를 불러도 본인은 구경만 하신다. 자신이 음치라고 굳게 믿으니 어머니의 노래를 들어본 적은 거의 없지만, 노랫가락을 흥얼거리는 걸 들어보면 분명 음치는 아니다. 어머니가 제일 좋아하던 노래는 내가 대학에 들어가던 무렵, 인기 짱이던 가수 김훈의 노래 〈정 주고 내가 우네〉다. 부산 해운대로 가족 여행을 갔던 1976년 여름, 우리는 가수 김훈이 같은 호텔에 묵고 있다는 사실을 알게 되었다. 소녀 같은 표정으로 김훈의 얼굴을 보려고 발끝을 쫑긋 세우던 마흔다섯 살, 우리 어머니의 사랑스러운 얼굴을 기억한다.

그때 나는 어머니의 나이가 많다고 생각했다. 그리고 지금의 나는 그때 어머니의 나이를 훌쩍 넘어버렸다. 어머니는 요즘도 가끔 가수 김훈은 어디서 무엇을 하며 사는지 궁금해하신다. 미남을 좋아하는 어머니는 얼굴도 잘생기고 노래도 잘 부르는 김훈의 팬이었다. 나는 종종 김훈의 노래를 어머니께 들려드린다.

아이같이 환한 얼굴로 노래를 듣는 팔순이 넘은 어머니가 요즘 가장 좋아하는 가수는 jk김동욱이다. 아무리 생각해도 어머니의 취향은 너무 젊다. 김동욱의 〈미련한 사랑〉을 좋아하는 어머니 덕분에 내 애창곡도 〈미련한 사랑〉이 되었다. "정말 노래 잘 부른다." 어머니는 가끔 TV에서 김동욱이 노래 부르는 걸 보시곤 감탄을 한다. 나도 꽤 연습한 덕분에 〈미련한 사랑〉을 웬만큼 부르게 되었다.

어머니가 좋아하는 나의 애창곡 중 하나는, 요즘으로 치면 정말 오래된 노래인 양희은의 〈한계령〉이다. "저 산은 내게 내려가라 내려가라 하네. 지친 내 어깨를 떠미네." 하덕규 작사작곡에 양희은이 부른 이 노래를 내가 부르면 어머니는 잘 부른다고 감탄을 하신다. 그리하여 나의 애창곡은 요즘 사람들은 잘 모르는 오래된 노래, 김훈의 〈정 주고 내가 우네〉와 양희은의 〈한계령〉과 김동욱의 〈미련한 사랑〉이 되었다. 그리고 한 곡 더 들자면, 70년대 말을 풍미한 가수 윤항기의 〈나는 어떡하라고〉가 있다. 그 시절 어머니는 미남은 아니지만 노래를 정말 잘 부르던 윤항기의 팬이었다.

노래란 얼마나 위대한가. 나는 아무리 세월이 흘러도 잊히지 않는 가요의 힘을 늘 부러워한다. 우리는 누군가를 기억할 때, 그가 잘 부르는 노래로 기억할 때가 많다. 아버지의 애창곡이던 〈성불사의 밤〉이 떠오른다. 자신을 음치라고 믿는 어머니와 달리 아버지는 노래를 참 잘 부르셨다. 노래를 잘 불러서 북으로 간 작곡가 김순남이 성악을 해보는 게 어떨지 권유했을 정도였다고 한다. 어머니는 노래를 잘 부르는 미남 청년이었던 아버지를 무척 사랑하셨다.

열한 살에 아버지를 여읜 어머니는 어느 날 딱 한 장밖에 없는 할아버지의 흑백사진을 내게 보여주며 확대해달라고 하셨다. 북한 원산 바닷가를 배경으로 찍은 희미한 사진 속에, 어린 세 딸들과 할머니와 할아버지가 다정하게 앉아있는 모습이 조그맣게 보이는 사진이었다. 워낙 희미해서 확대해봤자 서른여덟에 돌아가신 외할아버지의 얼굴을 제대로 복원하긴 어려웠다. "할아버지는 참 따뜻한 분이셨단다." 어머니는 늘 그렇게 말씀하셨다. 미남이신 내 아버지는 사진에서 파르스름한 빛이 날 정도로 너무 차갑게 보인다. "엄마는 이 차가운 남자가 왜 좋았어?" 하고 물으면, 어머니는 아버지의 젊은 사진을 들여다보며 이렇게 답하셨다. "그러게. 그래도 지금 봐도 좋아. 잘생겼잖아." 어머니는 텔레비전 드라마를 보다가도 잘생긴 배우가 나오면 "네 아버지 닮았다." 하신다.

겉으로는 풍족했던 아버지의 출판사는 늘 빚에 허덕이기 일쑤였다. 좋은 옷 한벌 변변히 사 입지 못하고 늘 묵묵히 아버지의 믿음직한 그림자가 되어주었던 어머니는 지금 생각하니 젊은 시절 차중락의 〈낙엽 따라 가버린 사랑〉도 좋아하셨다. 초등학교 시절 나는 어울리지도 않게 그 노래를 흥얼거리며 어머니가 손수 만들어주신 새 옷이 더러워질까 봐 다른 아이들이랑 놀지도 않고 운동장 그늘 아래 하염없이 앉아있었다. 어머니가 손수 만드신 화려한 색깔의 여름 원피스들을 입지 않고 벽에 걸어두고 싶었다.

어머니가 좋아하는 노래들은 나도 모르게 나의 애창곡이 되었고, 그 그리운 노래들과 함께 세월은 자꾸만 흘러간다. 젊은 내 어머니가 초등학교

봄소풍 날 행주산성의 어느 초등학교 운동장에서 그네를 타던 모습이 눈에 선하다. 연분홍 치마가 봄바람에 휘날리던 모습이……

어딘가 많이 모자랐던 아이, 초등학교 화장실 구멍에 빠질까 봐 매일 악몽을 꾸던 아이, 그런 나는 수세식 화장실이 있는 사립 초등학교로 전학을 갔다. 공부 잘 하는 아이들로 가득 찬 그 학교에서 그림을 잘 그리는 아이로 이름을 날린 탓에 기죽지 않고 학교에 다녔다. 하긴 나는 지금도 그 어디서나 쉽게 기가 죽는 타입의 사람은 아니다. 내가 이길 수 없는 일이다, 싶으면 져도 그다지 상처받지 않는다. 내가 잘 할 수도 있던 일에 최선을 다 하지 못했을 때 스스로 상처를 받는다. 말하자면 나는 다른 사람의 삶과 내 삶을 비교하지 않는 일에 익숙해져 있다. 그리고 그것은 어릴 적부터 어머니가 내게 가르쳐준 행복의 비결이다.

어머니가 쉰아홉 살 되던 해, 어느 날 아버지는 정말 낙엽 따라 가버린 사람이 되었다. 그때도 나는 어머니 나이가 많다고 생각했다. 하지만 지금 생각하니 하얀 소복을 입은 우리 어머니는 너무 젊고 아름다웠다. 영구차 창문을 통해 바라본 세상이 온통 푸르른 초록이어서 더 눈물이 났다.

유난히 말이 없던 어린 내게 그림을 배우도록 권유한 사람도 어머니이고, 다른 아이들과 잘 어울리지도 못하고 겁이 많아 미끄럼틀에도 올라가지 못하던 내게 에디슨의 어머니처럼 꿈과 용기를 북돋운 분도 어머니였다. 어린 날 언제나 끊임없이 걱정이 많던 나를 위안해주던 어머니의 목소리가 귀에 선하다. "괜찮아, 괜찮아." 아마 삶이 녹록지 않을 때마다 자

마음이 따뜻한 사람이구나

기 자신에게도 그렇게 타일렀으리라. "괜찮아, 괜찮아"라고.

여름이면 우리 가족은 늘 해운대 해수욕장으로 피서를 갔다. 초등학교 3학년 무렵이었을까? 백사장을 걷다가 그만 똥을 밟았다. 그 시절엔 화장실이 많지 않아서 어디나 똥이 많았다. 징징 울어대며 새로 사 신은 신발을 파도에 씻어내던 어린 내 손을 잡고 어머니는 말씀하셨다. "괜찮아, 괜찮아." 나는 그 괜찮다라는 말의 온도와 느낌을 아직도 마음속에 그대로 간직하고 있다. 걱정거리가 생길 때마다 어린 날 어머니가 말해주듯 "괜찮아, 괜찮아." 하고 자신에게 속삭인다. 그러면 정말 아무리 힘든 일도 괜찮을 것만 같다. 나는 늘 "괜찮아, 괜찮아." 그런 노래를 만들고 싶다. 똥을 밟은 게 얼마나 다행이랴. 지뢰를 밟지 않은 것만 해도 얼마나 다행이랴.

생각해보니 '괜찮아'라는 말을 영어로 번역하면 세상에서 내가 가장 좋아하는 노래 〈돈 워리, 비 해피Don't worry, Be happy〉가 된다. 오늘도 핸드폰에 벨이 울리면, 내 삶의 좌우명이기라도 한듯 그 노래가 흘러나온다. "돈 워리, 비 해피."

사막에 관한 명상reflection on desert | 130×192cm | 2017

플라이 미 투 더 문

하나밖에 없는 동생이 거짓말처럼 세상을 떠났다. 한동안의 썰물 같은 격한 슬픔이 쓸고 지나가고, 나는 동생의 죽음이 내 안에 익숙한 어둠으로 자리 잡았다는 생각이 들었다. 가끔 나는 내 안의 어둠인 동생이 되어 세상을 바라본다.

얼마나 훤한지 금세 농담을 할 듯 밝은 표정의 영정 사진이 떠오른다. "울지 마, 누나. 내가 좀 일찍 떠나는 것뿐이야. 내 몫까지 열심히 살아." 동생은 환한 얼굴로 유독 내게 눈을 맞추며 그렇게 말하는 것 같았다. 관에 들어가기 전 마지막 본 동생은 생전이랑 똑같이 달처럼 훤했다. 달라진 건 얼굴이 아니라 체온이었다. 얼굴을 부비고 손을 만져보아도 얼음처럼 차가운 동생은 이제 다른 세상으로 건너간 게 분명했다. 망자를 씻기고 보기 좋게 화장을 해서 수의를 입혀 관에 넣어주는 분에게 어머니는 억지로 돈을 쥐어주셨다. 정작 너무 충격을 받으실까 봐 어머니는 빈소에 남겨두고, 친한 친구와 친지들 몇 사람과 함께 관에 들어가는 동생을 마지막으로 지켜보는데, 염을 하는 젊은 양반이 말했다.

마음이 따뜻한 사람이구나

"이제 정말 마지막이니까 손도 만져보고 얼굴도 만져보세요." 그러면서 그는 아까 어머니가 주신 돈을 '어머니께는 말하지 마라, 그래야 맘이 편하실 거'라면서 떠나는 동생의 수의 깊숙이 집어넣었다. 가는 사람의 노잣돈이 두둑해야 좋다면서.

떠나는 길은 길고도 멀지만 25년 전 아버지가 돌아가셨을 때보다 죽은 자를 보내는 방법과 과정은 놀랄 만큼 진화했다. 굳어서 움직이지 않는 아버지의 벗은 몸을 움직이며 수의를 입힐 때 들리던 삐거덕거리는 소리를 지금도 잊을 수가 없다. 요즘은 염하는 방에 들어서면 이미 수의를 입고 있는 편안한 모습의 망자를 만나게 된다. 떠난 자를 보내는 남은 자의 슬픔도 그렇게 진화한다면 얼마나 좋을까?

화장을 하는 동안 대기실 모니터는 실시간으로 화장하는 영상을 생중계했다. 한 시간 반 정도 걸렸을까? 수골실로 내려가 만난 동생은 죽 늘어놓은 몇 개의 하얀 뼈들로 남았다. 유리벽을 사이에 두고 "성의껏 모시겠습니다." 하며 뼈들을 모아 기계에 넣는 젊은 여인의 모습이 너무 담담하여 오히려 위로가 되었다. 젊은 나이에 떠난 자의 뼈를 그리도 익숙하게 만지는 그녀의 담담한 얼굴에서 1백 살도 더 되는 듯한 노회함이 느껴졌다. 동생의 뼈들을 고운 가루로 가는 시간은 찰나였다. 무거운 육신이 그렇게 가벼운 가루들로 흩날리는 게 믿어지는가.

동생은 내 나이 여섯 살 때 태어났다. 동생이 태어난 날 보았던 그 훤하고 잘생긴 얼굴을 잊을 수가 없다. 어머니의 사랑을 독차지한 동생을 어린 나는 늘 질투했다. 동생은 어릴 적부터 누구에게나 사랑받는 아이였다. 게다가 어른스럽기까지 해서 어머니는 우리 둘이 어딘가 갈 때마다 누나가 아닌 동생한테 돈을 쥐어주곤 하셨다. 나는 여섯 살이나 어린 동생의 뒤를 졸졸 따라다녔다. 어릴 적부터 우리는 영화를 좋아했고, 중학생인 나는 초등학생인 동생을 데리고 영화를 보러 갔다. 당시 낙원동에 살아 파고다극장에 가서 〈돌아온 외팔이〉 시리즈를 보았다. 허리우드극장이 생긴 뒤로는 그곳에서 이소룡 영화들을 보았다. 동생은 이소룡의 광팬이 되었다. 이소룡이 죽은 날 동생은 울었다. 동생과 함께 본 영화 중 가장 기억에 남는 것은 가족들이 함께 가서 본 〈사운드 오브 뮤직〉과 〈닥터 지바고〉다. 어쩌면 1950~60년대에 태어난 사람들 대부분의 기억 속에 가장 깊이 남아있는 영화가 바로 이 둘이 아닐까?

시카고의 명문 대학에서 광고 필름을 전공한 동생은 외국회사에 취직해서 재능을 유감없이 발휘했다. 몇 년 뒤 재벌가의 누군가와 손을 잡고 꿈에도 그리던 영화제작을 시작한 이후, 동생의 인생은 겉으로는 화려했지만, 속으로는 꼬이기 시작했다. 영화는 동생을 행복하게 했지만, 영화사업을 시작한 이후 극심한 스트레스에 시달렸다.

힘들었다는 건 알았지만, 과연 나는 내 동생이 어떤 사람인지 알기나 했던 걸까? 어느 날 문득 동생이 남기고 간 아이패드를 열어보고는 기가 딱 막혔다. 그 애가 만지던 기계의 체온이 느껴졌다. 그 애의 손길이 스친 한글과 알파벳과 모든 숫자와 기호들, 힘들었던 지난 몇 달간의 기록이

마음이 따뜻한 사람이구나

그 안에 고스란히 남아있었다. 세상을 떠나기 바로 전날의 메모에는 이렇게 씌어있었다. "내가 우려하던 모든 일이 일어났다." 그게 그렇게 큰일이었던 걸까?

갑작스러운 동생의 죽음 이후 나는 동생의 핸드폰을 계속 살려놓았다. 그 속에는 그 애가 좋아하던 많은 음악들과 일기들이 남아있기 때문이다. 핸드폰 속에 남아있던 이런 구절은 동생을 설명하는 중요한 단서가 된다. "나이 들수록 모르는 일만 늘어간다. 어릴 땐 왜 난 이렇게 아는 게 많을까 생각했는데." 어릴 적 나는 모르는 게 너무 많아 사는 게 겁이 났다. 그래서 조심조심 넘어지지만 말자 하며 살아왔다. 동생은 맨땅에 헤딩하며 용감하게 살다가 한 방에 가버렸다. 우린 서로 다른 그 점에 의지하며 살았다. 자주 싸웠지만 어떤 감성의 예민한 결 부분에서는 아주 잘 통했다. 어쩌면 나와 가장 가깝게 소통하는 유일한 인간이었을지도 모르겠다.

아버지가 돌아가실 때 동생에게 남긴 유언은 세상물정 아무것도 모르는 누나를 잘 보살피라는 것이었다. 그런 동생이 나보다 먼저 갔다. 동생이 떠난 이후 한동안 나는 밤마다 동생의 핸드폰으로 내게 전화를 했다. 누나라고 찍혀있는 번호를 누르면 '밥 말리'의 〈돈 워리 비 해피〉가 나오면서 내 핸드폰에 '황정욱'이라는 동생의 이름이 찍혔다. 살아생전 새벽 2시경이면 울리던 전화 벨소리, "누나 자?" 하는 그 목소리가 그리워서다. 얼마 전부터 나 혼자 즐기는 이 슬픈 놀이를 그만두었다.

새벽에 갑자기 눈을 뜨면 그 애는 침대맡에 생전과 똑같은 모습으로 걸

터앉아 똑같은 말투로 말한다. "엄마한테 잘해. 늦게 돌아다니지 말고. 제발 너무 먼 나라들로 여행 좀 그만 가고." 여행광인 나와 달리 동생은 돌아다니는 걸 그리 좋아하지 않았다. 먼 데 좀 작작 가라고 잔소리를 하곤 했지만, 정작 그 애가 가장 좋아하는 노래는 프랭크 시나트라의 〈플라이 미 투 더 문〉이었다. 나는 동생이 세상에서 제일 먼 달나라로 여행을 떠났다고 생각한다. 이제 나는 달을 아무 생각 없이 올려다볼 수 없다. 그 노래의 마지막 구절은 이렇게 끝난다. "in other words, I love you."

마음이 따뜻한 사람이구나

아버지와 마지막 춤을

오랜 옛날 내 나이 서른 살에는 아버지가 돌아가실 수 있다는 생각을 한 번도 해본 적이 없었다. 아버지는 언제나 재기 넘치는 농담의 천재였으며, 1920년대생치고는 놀라울 정도로 남녀를 차별하지 않는 평등주의자셨다. 하지만 어느 날 아버지는 돌아가셨다. 그렇듯 나도 언젠가 죽을 거라는 생각이 운명처럼 불쑥 고개를 들 때가 있다. 그것도 잠이 일찍 깬 새벽에. 그럴 때마다 아버지를 내 불면의 새벽에 초대한다. 그러면 아버지는 예전 그대로의 모습으로 내 눈앞에 알현하신다.

"아버지, 저는 요즘 잘 살고 있는 걸까요?" 그러면 그리운 아버지는 그리운 목소리로 말씀하신다. "잘 살고 있고말고. 네가 하고 싶은 일을 다 하면서 살지 않니. 그건 이 아비가 늘 너를 위해 기도한 덕분이란다." "하지만 아버지는 하느님도 부처님도 그 아무도 믿지 않으셨잖아요." "기도는 그렇게 유명한 존재한테 하는 게 아니란다. 길가의 이름 없는 풀잎, 조약돌 하나, 흙 한 줌, 바람 한 줄기 그런 것들한테 하는 거란다." "하지만 아버지, 그 하찮은 것들 모두에 하느님과 부처님이 들어있는 걸요." "딸아, 나는 너를 믿는다."

　그렇게 말씀하시며 아버지는 안개 속으로 천천히 사라지신다. 아버지가 돌아가신 꿈같은 1988년 초여름, 그 시절이 정말 실재했던 걸까? 기억은 자꾸만 아득해진다. 1987년 겨울 아버지와 함께 여행했던 스페인, 포르투갈, 모로코, 그 낯선 나라들은 얼마나 추웠던지. 가는 곳마다 아버지는 추워하셨다. "아버지 미안해요. 춥게 해드려서 미안해요." 요즘도 나는 꿈속에서 추위에 떠는 아버지께 두꺼운 스페인 제 담요를 가져다 드린다. 모로코는 또 어떻고? 왜 나는 북아프리카에 위치한 모로코를 늘 더운 나라라고 생각했을까?

　도대체 자세히 알아보지도 않고 여행을 떠난 게 잘못이었다. 지금처럼 인터넷이 모든 질문에 답을 해주는 시절도 아니었다. 이미 몸이 좋지 않던 아버지는 그 추운 여행 이후 서울로 돌아가시자마자 병원에 입원하셨다. 그리고 한 통의 전화. "아버지는 괜찮다." 열흘 뒤 아버지는 영면하셨다. 부랴부랴 서울행 비행기표를 끊고 나서 제일 먼저 한 일은 펑펑 울면서 냉장고를 비운 일이었다. 가득 쌓인 고기와 채소와 과일 등을 관리인에게 건네주고 짐을 싸기 시작했다. 산다는 건, 아주 사소한 일상이 아무리 중요한 일도 이겨낸다는 걸 깨닫는 과정이다.

　서울로 떠나는 날, 비가 부슬부슬 내렸다. 서울성모병원 영안실에서 아버지를 마지막으로 만났다. 아버지는 차갑고 딱딱하고, 수의를 입히려고 벌거벗은 몸을 들 때마다 삐걱삐걱 소리가 났다. 숨이 콱 막히던 그날 이

여행에 관한 명상reflection on journey │ 36×46cm │ 2018

후 아버지는 가끔 내 꿈속에 나타나셨다. 꿈속에서 아버지와 나는 바닥이 반짝이는 마루로 된 넓은 홀에서 스텝을 밟으며 춤을 추었다. 그 옛날 사교춤을 배워서 장안의 유명한 마담과 사교댄스를 춘다는 소문으로 어머니 가슴을 아프게 하던 아버지가 꿈속에서 나와 함께 스텝을 밟는다. 나는 아버지와 배운 적도 없는 근사한 스텝을 밟으며 반짝이는 마루로 된 넓은 홀을 미끄러진다. 이렇게 행복한 꿈을 요즘 오래도록 꾸지 못했다. 아버지가 보고 싶다.

마음이 따뜻한 사람이구나

기침, 가난 그리고 사랑

이 세상에 숨길 수 없는 것이 있다면 바로 기침과 가난과 사랑이라는 말이 있다. 가난한 영혼을 숨기기는 정말 어려운 일이다. 하지만 당신이 아직 젊다면 기침도 가난도 사랑도 아직 모두 아름답다.

아무리 돈이 많은 사람이라 해도 어딘가는 부족하기 마련이고, 아무리 복 많은 사람이라도 죽음 앞에서는 모두 혼자다. 날씨가 추워지면 죽는다는 일이 마치 오래 미루어둔 숙제처럼 마음 한구석을 짓누른다. 게다가 가끔 뉴스에서 아픈 아내를 10년도 넘게 돌보던 아흔의 할아버지가 할머니를 숨지게 하고 자신도 목숨을 끊었다는, 뭐 그런 소식을 접할 때는 정말 쓸쓸하다. 오래 산 사람이나 남보다 조금 일찍 세상을 떠나는 사람이나 죽음은 누구나 다 맞아야 하는 예방주사 같다. 혼자 가는 길이나 둘이 가는 길이나 외롭고 무섭기는 마찬가지다.

며칠 전 지인 한 분이 그렇게 먼 길을 떠났다. 이웃에 살면서 허드렛일을 돌보아주곤 하던 심씨 아저씨는 부인이 중풍으로 앓아누운 지 한 달도 되지 않아 설상가상 자신의 몸도 가누기 힘든 지경이 되었다. 두 사람 병원비 마련도 힘겹고, 부부 사이에 정도 없던 그는 목을 매 목숨을 끊었다. 하긴 사랑하지도 않는 사람끼리 좁디좁은 공간에서 서로의 아픈 몸을 돌보며 오래오래 살아가는 일은 죽는 일보다 쉬운 일이 아닐 것이다.

생각처럼 삶도 죽음도 사랑도 쉽지 않다. 평생을 함께했다 해서 그들이 사는 날까지 사랑하리란 기약도 없다. 인생은 녹록지 않고, 숨길 수 없는 사랑은 벽장 속 깊숙이 숨겨져 있다. 세상을 떠난 심씨 아저씨는 책을 많이 읽었고 아는 것도 많았다. 아주 작은 잡지의 부록 한 권도 버리지 않고 주워 모았다. 잡지 속에는 얼마나 많은 삶의 조각들이 빼곡히 들어있는가? 나는 그가 잡지 한 장도 잘 버리지 못하듯 삶에 집착이 많은 사람인 줄 알았다. 마치 연습이라도 하듯 나는 물건을 잘 내다 버린다. 내가 그린 그림 말고는 누가 달라면 뭐든지 잘 주는 편이다. 그러면서 삶의 집착을 버리는 연습이라도 하는 것처럼 착각을 한다. 하지만 그건 교만이었다. 물건하고 목숨은 다르다.

일부러라도 기운을 내서 씩씩한 걸음으로 걸어본다. 이렇게 우울한 삶의 조각들은 삶이라는 거대한 양탄자의 아주 작은 부분일 뿐이라고 위안을 해본다. 오랜만에 만나는 지인들과의 자리에서 평소에 좀 얄미운 존재를 만나도 반가울 때가 있다. 우리가 앞으로 몇 번이나 더 만날 수 있을까? 모두 사는 날까지 행복하라. 이렇게 서글픈 생각이 드는 건 겨울이면 유독 심해지는 나의 지병이다.

행복한 순간들을 상상해본다. 어릴 적 할머니 손을 잡고 걸어가던 수양

버들 춤추던 온천 가는 길이 떠오른다. 부스럼이 잘 나서 자주 온천에 데리고 갔었다는데, 나는 온천물의 온도와 느낌을 기억하지 못한다. 그저 가는 길 양옆에 서서 봄바람에 흔들리던 수양버들을 기억할 뿐이다. 내 기억에 남아있는 것들은 주로 눈에 보이는 것들에 관한 기억이다.

빨간 사루비아, 하얀 찐빵, 노란 스쿨버스, 그 노란 스쿨버스만 보면 남의 학교 차인데도 불구하고 그저 따라 타고 싶었다. 지금도 나는 노란색을 제일 좋아한다. 할머니가 노란 우산을 들고 학교 앞에 서 계시던 풍경, 할머니가 있다는 게 얼마나 좋은 건지 이 나이에야 비로소 깨닫는다. 할머니가 돌아가시던 새벽, 그 곁에 있었던 나는 무엇을 기억하고 있는 걸까? "그 서랍 안에 돈 있단다. 꺼내 가져라." 그렇게 말씀하셨던 것 같다.

1백 원짜리 동전 하나도 가져가지 못하는 그 길은 얼마나 외로운지 옆에서 보기만 해도 진땀이 났다. 할머니의 눈동자는 허공에서 길을 찾은 듯하다가 다시 잃어버리곤 했다. "죽기 전에 네가 학교 가는 걸 볼 수 있을까?" 늘 그렇게 말씀하시던 할머니의 말씀은 세월 따라 "네가 대학 가는 걸 볼 수 있을까?" "네가 시집 가는 걸 볼 수 있을까?" 그렇게 계속 바뀌었다.

내 나이 사십이 다 될 때까지 할머니는 사셨다. 아마도 내 머릿속에 강박관념으로 남아있는 죽음의 무게는 어릴 적부터 귀에 딱지가 앉도록 들어온 할머니가 남겨준 유품 같은 것일지 모른다. 내가 사랑 풍경을 자주 그리는 건 그런 이유다.

"연애하시나 봐요. 그림 속에서 연인들이 자전거를 타고 있네요, 입맞춤하고 포옹을 하고 행복해 보이네요." 사람들이 이런 말을 할 때마다 생각한다. 내가 사랑 풍경을 자주 그리는 건 죽은 뒤에는 할 수 없는 세상에서 가장 아름다운 일이 사랑이기 때문이라고.

아무리 숨길 수 없는 게 기침과 가난과 사랑이라 해도, 올겨울엔 모두 사랑하기를.

내 사랑 똥개

많은 사람은 어린 시절 기르던 개를 통해 첫 이별을 경험한다. 어린 날, 개의 죽음으로 상처를 받은 세상의 많은 사람들처럼, 나 역시 다시는 개를 기를 생각을 하지 않았다. 그러던 어느 날 동생이 아파트에서 기르던 한 살된 불독 '베티'를 북한산 내 작업실로 데려왔다. 이후 그 큰 몸집으로 뒤뚱뒤뚱 걸으며 애교를 살살 부리는 사랑스러운 베티에게 흠뻑 빠져 나는 세월 가는 줄 몰랐다.

단언하건대 불독은 집 지키는 개로는 빵점이지만 세상에서 가장 유머러스하고 사랑스러운 개다. 주인이 나갔다 들어오면 막 달려오다 실망한 듯 멈춰 서고, 낯선 사람이 오면 '오늘은 누가 온 거지?' 하는 호기심으로 눈빛을 빛내며 뒤뚱거리며 끝까지 달려간다. 불독은 유난히 외로움을 타고 심심한 걸 못 참는다. 나는 베티를 모델로 수많은 그림을 그렸다. 아마 내 생애 개를 그리는 시기는 그때가 처음이자 마지막일지 모른다. 베티는 마치 사람의 표정처럼 풍부하고 회화적이며 희극적인 표정을 가졌다.

그런 베티가 어느 봄날 원주인인 동생을 따라 뒤도 돌아보지 않고 제

집으로 가버렸다. 그렇게 정을 주었는데도 그놈은 본래 주인은 동생이라고 생각한 모양이었다. 그 뒤 우리 집에 놀러올 때마다, 갈 시간이 되면 저를 떼어놓고 갈까 봐 두 발을 차에 올려놓고 기다리고 서있었다. 나는 그런 베티가 원망스러우면서도 웃음이 절로 났다.

여행을 하다가 문득 떠오르던 세상에서 가장 보고 싶은 얼굴이 그놈의 얼굴임을 깨달을 때, 때때로 절망했다. 이제 내 마음속에는 사람이 사라졌구나 하는 회한이 앞섰다. 그런데 눈에서 멀어지면 마음에서도 멀어진다고, 그렇게 보고 싶던 베티를 요새는 생각조차 하지 않고 지나가는 날이 많다.

사실 명품을 그다지 좋아하지 않는 우리 가족은 그럴듯한 품종의 외국 개를 길러본 기억이 거의 없다. 어릴 적에 길렀던 잊을 수 없는 기억 속의 개 '파미'도 누군가 가져다준 평범하고 흔한 잡종 강아지였다. 파미는 툇마루 구석 깊숙이 넣어둔 쥐약이 발린 음식을 주워 먹고 기억상실증에 걸려 집을 나갔다. 울며불며 찾아 헤매던 파미를 몇 달 뒤 학교 근처 공사장에서 만났을 때 파미는 나를 알아보지 못했다. 내가 이름을 수차례 부르는 것을 보고 인부 하나가 다가와 아는 개냐고 물었다. 영리한데 주인이 없는 개라고 했다. 데리고 집에 가면 어머니한테 혼날까 봐 그냥 돌아온 뒤 죄책감에 사로잡혔다. 이틀 뒤 다시 그곳을 찾았을 때, 개는 그곳에 없었다. 인부들은 개가 어디론가 가버렸다고 했다. 그곳을 제 발로 떠났는지, 인부 아저씨들의 보양식으로 사라졌는지 알 길이 없었다.

마음이 따뜻한 사람이구나

개를 집으로 데리고 오지 않은 죄책감은 아주 오래 갔다. 아니, 아주 희미한 흔적의 형태로 아직도 남아있다. 그 이후 내가 정을 준 유일한 개가 바로 불독 베티다. 마당이 넉넉한 내 작업실에는 베티 외에도, 어디선가 울타리를 넘어 들어와 같이 살게 된 서너 마리의 터줏대감 똥개들이 함께 살았다. 별로 정을 준 적도 없는 그 똥개들은 우리 집을 지켜주는 영리한 충견들이었다. 무슨 일인지 몇 달 사이 그놈들이 차례로 죽어갔다.

그러던 어느 날 우리 집 근처 빈 땅에 있는, 쇠로 만든 철망 속에 갇힌 어린 개 두 마리를 보았다. 그놈들은 추운 한겨울 꽁꽁 언 밥을 갉아먹고 있었다. 누군가 일주일에 한 번쯤 와서 남은 밥찌꺼기 한 통씩을 부어주고 갔다. 알고 보니 그렇게 키워서 사철탕 집에 판다고 했다. 팔려가는 순간 나는 그 두 마리를 적지 않은 돈을 주고 샀다. 불쌍해서 데려가려 한다는데도 개 주인은 요즘 토종 똥개가 드물어서 값이 비싸다며 터무니없는 가격을 불렀다. 사실 이 동네에는 집 없이 돌아다니는 비슷하게 생긴 백구들이 많았다. 어쨌든 그날 이후 백구 두 마리는 우리 식구가 되었다. 그런데 문제는 그놈들이 절대 짖지 않는다는 거였다. 무서운 경험을 한 적이 있는지 낯선 남자만 나타나면 어디론가 재빨리 숨고 없었다.

그놈들은 오직 밥을 주고 보호해주는 나와 어머니만 따랐다. 식용 개가 따로 있다는 건 어불성설이다. 정붙이면 애견이고, 정 안 주고 밥만 먹여 키우면 식용이다. 아니 식용 개는 내가 모르는 개라고 함이 옳다.

이 땅의 흔하고 흔한 잡종견인 황구와 백구들이 얼마나 귀엽고 사랑스러운지 키워본 사람은 안다. 그놈들을 하도 많이 잡아먹어서 어느 날 씨가 마를지도 모를 일이다. 나는 늘 불독 베티를 그리워하면서 새 식구가된 웅이와 순이에게 정을 붙였다.

그중에서도 숫놈 웅이는 아주 심한 자폐증세를 보였다. 세상과 소통하기를 두려워하는 사람처럼 웅이는 다시 묶이거나 갇힐까 봐 겁이 나는지집을 아무리 정성 들여 만들어주어도 집 안으로 들어갈 생각조차 하지 않았다. 추운 겨울에 겨울비를 맞으며 벌판에서 잠이 드는 웅이는 우리를향해 일별조차 하지 않았다. 아는 척하지도 않으면서 우리가 외출할 때면늘 앞장을 서며 배웅을 하는 그놈의 속마음을 알 수 없었다.

독립운동가를 닮은 웅이에 비해 그보다 한 살 어린 암놈 순이는 사람을무척 따랐다. 문제는 한두 달 지나자 순이의 발정기가 왔다는 거였다. 동네의 수캐들이 냄새를 맡고 몰려들었다. 새끼를 낳으면 기르지도 못하고,그놈들 다 사철탕 집 신세가 될 게 뻔했다.

순이의 임신을 막기 위해 우리 가족은 순이를 철조망에 가두고, 웅이의거세를 결정했다. 그런데 얼마 안 가 우리의 결정이 얼마나 아둔한 인간의 생각이었는지 드러났다. 웅이와 순이의 교미를 두려워하던 우리에게가장 원치 않던 최악의 사태가 벌어졌다. 웅이는 병원에 가서 거세를 당하고, 순이는 동네를 돌아다니는 낯선 수캐의 새끼를 뱄다.

할 수 없이 순이의 출산을 기다려야 하는 우리는 도대체 무슨 짓을 한걸까? 어리석은 인간이 하는 짓이란 어쩌면 다 이런 식이 아닐까? 자연을 훼손하고 유전자를 변형하며 자연의 섭리를 파괴하며 살아가는 위대한 인간이란 종족. 그러나 자연은 그보다 훨씬 무섭고 힘이 세다. 나는 순이가 낳을 새끼를 어찌할 것인지 생각만 하면 슬퍼졌다. 다 기를 수도 없고 끓여 먹으라고 남을 줄 수도 없고 그냥 버릴 수도 없는 일이었다. 우리 동네에는 전부 형제인 듯 고만고만하게 닮은 여러 마리의 백구들이 어슬렁거렸다. 어느 날 산책길에 그놈이 보이지 않으면 십중팔구 사철탕 집으로 간 거였다. 우리 동네는 개들에게 위험천만한 제5전선이었다.

아직 보지 못한 순이의 새끼들을 생각하며 아무 죄 없는 순이의 눈을 들여다보았다. 선하디 선한 웅이의 겁 많은 눈동자도 들여다보았다. 웅이의 커다란 눈동자도 내 눈을 바라보는 것 같았다. 그렇게 사이좋은 놈들을 갈라놓고 그 꼴로 만든 게 너무 미안했다.

순이가 죽은 새끼들을 뱃속에 품고 세상을 떠난 날, 어머니와 나는 많이 울었다. 어린 순이의 마지막을 떠올리며, 엉뚱하게도 베트남 전쟁을 생각했다. 베트남전은 그들에게는 생사가 걸린 내전이었으나 미국에게는 거대한 이데올로기 전쟁이었다. 결국 미국은 이데올로기의 이름으로 베트남 땅을 초토화시켰다. 거기에 한 몫을 거든 우리나라는 젊은 생명들의 대가로 초유의 경제성장을 이루었다. 돈이란 얼마나 더럽고 무섭고 끔찍하며 위대한가? 베트남 전쟁, 쿠바 사태, 이라크 전쟁 등에서 미국이 한 일의 의미는, 마치 우리 가족이 웅이와 순이에게 그들을 위해 한 일이랍시고 한 짓이나 비슷하지 않을까 하는 엉뚱한 생각이 들었다. 하지만 그런 자각에도 불구하고 이 세상에서 전쟁은 계속되고 있다.

순이가 죽고 혼자가 된 웅이는 더욱 심한 자폐증세를 보이기 시작했다. 아무리 불러도 꼭꼭 숨어서 나오지 않았다. 그러던 어느 날 웅이에게 순이를 꼭 닮은 여자친구가 생겼다. 옆집 개 똘똘이는 웅이를 따라 아예 우리 집으로 와서 제 집으로 돌아가지 않았다. 똘똘이는 순이를 많이 닮아 영리하고 사람을 잘 따르는 데다가, 마르고 긴 몸매까지 참 비슷했다. 똘똘이 덕분에 웅이의 자폐증은 많이 나아지는 듯했다. 문제는 똘똘이의 발정기가 다가오고 있다는 거였다. 순이의 뒤를 따르지 않게 하기 위해 우리는 똘똘이에게 불임수술을 시켰고, 아무 일도 없는 듯 평화로운 시간들이 흘러갔다. 이 이야기는 여기서 끝이 아니다.

불임수술을 시키면 집에서 잘 나가지 않아 위험한 동네에서는 반드시 시켜야 한다고 해서 수술을 시켰는데, 어느 날 웅이가 집 앞을 지나가는 암캐 한 마리에 반하고 말았다. 늘 그 시간이면 주인을 따라 산책을 나오는 그녀를 하루종일 기다리는 눈치였다. 남성을 잃었어도 본능은 살아있다는 걸 보여주기라도 하듯 집안에만 웅크리고 있던 웅이의 외출이 잦아졌다. 총으로 된 주사를 쏴 개를 잡아간다는 흉흉한 소문이 온 동네에 돌 무렵, 어느 날 웅이는 사랑하는 암캐를 따라 집을 나가 아예 돌아오지 않았다. 외출을 해도 밥 먹을 시간이면 정확히 돌아오던 웅이를 아무리 기다려도, 근처의 유기견보호소에 연락을 해서 아무리 찾아도 다시는 웅이

마음이 따뜻한 사람이구나

를 볼 수 없었다.

어머니는 사람이나 개나 다 팔자가 있는 모양이라 하셨다. 그렇게 구해 내려 애를 쓴 순이도 웅이도 너무 슬픈 이야기로 끝이 나는 걸 보면 진짜 그런가 보다. 내 기억 속의 영리하고 사랑스러운 개들의 추억은 결국 다 슬픈 이야기로 끝이 났다. 모든 생명 있는 것들의 이야기가 그런 것처럼. 그 천사 같은 눈동자와 쓰다듬으면 내 손에 닿았던 털의 감촉이 어제인 듯 생생하다.

마음이 따뜻한 사람이구나
반 고흐, 영혼의 편지

화가인 내게 가장 많은 영향을 준 인물은 말할 것도 없이 '빈센트 반 고흐'다. 존경이라기보다는 사랑에 가까운 이 솟아오르는 감정은 사실 무척 오래되었다. 늘 고흐가 마지막 삶의 열정을 그림에 몽땅 쏟은 파리 근교의 오베르쉬르우아즈를 찾아 가고 싶었다. 1990년대 초 처음 그 꿈을 이룬 순간, 숨이 딱 멎을 것만 같았다. 고흐가 동생 테오와 나란히 묻혀있는 곳, 나는 고흐의 묘비 뒷면에 한글로 작게 '당신을 사랑한다'고 썼다. 누군가 그곳을 찾은 사람이 보았다 해도 용서해달라. 그건 마치 먼 길을 돌고 돌아 잊을 수 없을 만큼 사랑하는 사람이 묻힌 무덤에 드디어 도착한 사람의 울컥 솟아오르는 진실된 감정이었으니까.

아, 그림으로만 보던 그의 마지막 작품 〈까마귀가 나는 밀밭〉의 진짜 풍경이 그곳에 있었다. 평일인지라 마침 사람이 한 명도 없어서 고요하고 편안한 침묵이 나를 감싸 안았다. 도대체 그런 편안한 정적을 느껴본 적이 있었을까? 초등학교 시절 일본어판 화집을 통해 고흐의 그림을 처음 만났다. 내가 즐겨 쓰는 노란색의 원형은 그때 보았던 고흐의 그림 속 노란색이라고 해도 과언이 아니다.

해바라기의 노란색, 마지막 작품인 〈까마귀가 나는 밀밭〉의 불타는 노란색. 나는 그 노란색이 이 세상의 아름다움을 표현하는 최고의 색이라는 생각이 들었다. 매 순간 사라지는 삶의 찰나들을 캔버스 속에 영원히 붙잡아두는 삶의 색깔, 그 노란색의 기억을 늘 간직하면서, 그가 동생 테오에게 쓴 편지와 일기 속, 먼 앞날을 내다보는 빛나는 구절들을 읽고 또 읽으면서 나는 화가가 되었다. 고등학교 시절 읽었던 『반 고흐, 영혼의 편지』는 고독한 젊은 영혼인 내게 삶의 멘토가 되어준 유일한 글들이다. 수년 전 다른 출판사에서 새로 나온 『반 고흐, 영혼의 편지』를 다시 읽었다. 어른이 되어서 다시 읽는 감동은 불안한 영혼이었던 사춘기 시절보다 더욱 울림 있게 다가왔다.

지금도 나는 가끔 그 책을 뒤적인다. 지극히 불우했던 고흐의 편지가 1백 년이 지난 지금의 내게도 큰 위로가 될 수 있다는 게 놀랍다.

"늙어서 평화롭게 죽는다는 건 별까지 걸어간다는 뜻이겠지."

「고흐의 편지」 중에서

우리나라에도 별까지 걸어가고 싶었던, 가난하고 고독한 삶을 살다 갔으나 불멸의 그림으로 남은 이중섭, 박수근 같은 화가들이 있다. 나는 세상이 많이 변해서 그림이 고가에 팔리기도 하는 현대 화가들은 그림만 그리면서 별까지 걸어갈 수 있으리라 생각했다. 하지만 요즘도 가장 성공했다고 일컬어지는 작가들조차 위작 시비로 결코 아물 수 없는 상처를 입기도 한다. 가난했던 이중섭과 박수근은 사람들이 자신의 그림을 두고 진짜니 가짜니 하며 세상이 시끄러워질지 상상이나 했을까? 아니 자신의 그림이 몇십억 원이라는 고가의 돈으로 판매될지 상상이나 했을까? 어쩌면 우리는 인생은 길고 예술은 짧아지는 세상에 살고 있는지도 모른다.

우리 대학 시절에 가장 유명하고 그림값이 비쌌던 작가들의 이름을 지금 미대생들에게 물으니 거의 알지 못했다. 그림이 팔려봤자 고객이 얼마 없었던 대한민국 현실에서 오랜 세월 문 닫지 않고 버텨준 화랑들도 지금 생각하니 예술가들이었다. 화가 못지않은 그림에 대한 열정을 지녔던 몇 안 되는 컬렉터들과 화상들의 순정은 극단적 상업주의에 떠밀려 다 사라져버린 건 아닐까? 아니, 그런 세상이 오고 만 것이다. 요즘 컬렉터들은 작품이 오를 거라는 화상의 부추김으로 그림을 사서 포장한 채로 창고에 넣어두기도 한다. 돈이 많은 컬렉터라면 이왕이면 비싼 작품으로 많이도 말고 몇 점만 사서 넣어두면 좋을 것이다.

나는 그림이 비싼 값으로 오르리란 기대가 아니라, 정말 내 그림이 좋아서 사람들이 사는 거라면 좋겠다는 순진한 생각을 한다. 얼굴도 모르는 사람에게 자식을 입양하는 기분으로 그림을 판다. 생존 작가의 그림값을 임의로 풍선처럼 부풀리기도 다반사인 현대 자본주의 시장의 필요악이라고 당연하게 생각하는 게 옳은 일일까?

마음이 따뜻한 사람이구나

1백 년 전에 고흐는 일기에 이렇게 적고 있다. "나는 성공하는 일이 끔찍하다. 내가 두려워하는 것은 축제의 다음 날이다." 28세에 그림을 그리기 시작해서 8년 동안 8백 점의 그림을 남긴 고흐는 살아생전 단 한 점의 그림을 팔았다. 정작 자신은 빵 한 조각과도 바꿀 수 없었던 자신의 그림이 이제는 셀 수도 없을 만큼 비싼 값으로 팔리는 걸 안다면 그는 무슨 말을 할까? 그럴 줄 알았다 흐뭇해할까? 또 다른 끔찍한 세상이라고 개탄을 할까?

고흐가 동생 테오에게 보낸 편지 속에는 이렇게 절실한 구절이 숨어있다. "나를 먹여 살리느라 너는 늘 가난하게 지냈다. 네가 보내준 돈은 꼭 갚겠다. 안 되면 내 영혼을 주겠다." 고흐가 권총 자살을 하고 6개월 뒤에 동생 테오도 숨을 거두었기에 고흐는 빚을 갚을 수 없었다. 아니, 그들은 같은 곳에 나란히 묻혀 죽어서도 외롭지 않을 것이다. 죽은 뒤 고흐처럼 수많은 사람들에게서 사랑을 받는 화가가 또 있을까? 광기와 고독의 화가로 알려진 그는 따뜻한 마음을 지닌 먼 앞을 내다보는 선각자이기도 했다. 욕심인 줄 알면서도 나는 고흐의 말처럼 구두를 만들 듯 느리게 천천히 그림을 그리면서 저 먼 별까지 걸어가고 싶다는 소망을 갖는다. 어쩔수 없이 화가인 나는 고흐의 이런 말을 떠올리며 위로를 받는다.

"나는 내 예술로 사람들을 어루만지고 싶다. 그들이 이렇게 말하길 바란다. 마음이 깊은 사람이구나. 마음이 따뜻한 사람이구나."

그림값

화가 박성남은 자신의 나이 열아홉 살에 돌아가신 아버지 박수근 화백에게 아버지 그림이 너무 좋다는 말을 한 번도 하지 못한 게 한으로 남는다고 했다. 살아생전 아버지 그림을 인정한 사람은 다섯 명이 채 되지 않았다고. 그림 경기가 나쁜 요즘, 훗날 이렇게 유명해지리라고는 상상도 못한 채, 몇 날 며칠 술 마시며 불행해하던 화가 박수근을 생각한다.

내 그림을 제일 처음 사준 분은 지금은 고인이 된 진화랑 대표 '유위진' 여사다. 자신이 그린 그림을 누군가 돈을 주고 산 첫 경험은 화가라면 누구나 잊을 수 없는 경험이리라. 지금 생각하니 참 고마운 일인데, 그때는 철이 없어 고마운 줄도 몰랐다. 사람들은 어떤 그림이 세상에서 제일 비싼가에 관심을 기울이지만, 나는 비싼 그림이 꼭 훌륭한 그림이라는 확신은 들지 않는다. 작가의 운과 시장의 흐름이 만나 매겨지는 그림값, 박수근과 고흐는 가난하게 살다 죽었으나 사후 그들의 그림은 만질 수도 없는 고가의 그림이 되었다. 몇백 년 뒤 누구의 그림이 비싸질지 누가 알랴.

재능 기부 차 페루에 가서 그림을 가르치며 만난 한 소녀에 대한 기억

마음이 따뜻한 사람이구나

이 잊히지 않는다. 그리고 싶은 걸 맘대로 그려보라 했더니 한 소녀가 내 얼굴을 그렸다. 잘 그렸다 싶어 10불을 주고 그림을 샀다. 내 초상을 그린 페루 소녀는 어색한 표정을 지으며 우리 집이 가난해서 돈을 주느냐고 물었다. 나는 스물다섯 살에 처음 그림을 팔았지만, 너는 열두 살에 처음 그림을 파는 거라고 답해주었다. 그 애는 환하게 웃으며 자신도 커서 화가가 되고 싶다고 했다.

그 애가 화가가 될지 아닐지는 하나도 중요하지 않다. 내 얼굴을 그린 페루 소녀는 한국에서 온 나를 기억해줄까? 내가 그림을 처음 사준 분을 늘 기억하듯이. 그림이란 고마운 사람을 위해 그린 아름다운 선물이던 스무 살이 그리워진다. 나는 가끔 악몽을 꾼다. 전쟁이 나서 세상이 잿더미가 되면 화가나 그림이 무슨 소용이 있을까? 아무 소용없는 일이리라.

요즘은 엄청나게 싸게 팔기도 하는 그림 경매 탓에 정상적인 그림값에 오해가 생기곤 한다. 인터넷에 너무 빨리 업데이트되는지라 어젯밤 경매에 그 그림이 얼마에 팔렸는지 금세 뜬다. 게다가 큰손의 개입에 따라 경매가는 인위적으로 움직이기 일쑤다. 그게 현대 자본주의 시장의 힘이자 악덕인지 모른다. 그림을 좋아해서 돈을 모아 그림을 사고 싶은 당신에게 말해주고 싶다. '그게 얼마든 당신이 첫눈에 반한 그런 그림을 사라'고. 같은 화가가 그렸다고 해도 똑같은 그림은 세상에 없다. 같은 작가의 그림이라 해도 다 다른 값을 지닌다. 나는 그 값이 정말 정당한지는 모르겠다. 지금 아무리 비싼 그림값을 받는 화가의 작품이더라도 1백 년 뒤 지금은 많은 사람이 알아주지 않은 화가의 그림보다 더 비쌀 거라는 확신은 없다. 생전에 단 한 점의 그림을 팔았던 빈센트 반 고흐를, 가난했던 이중섭과 박수근을 기억하라.

나혜석과 마리 로랑생

내가 기억하는 최초의 여성화가는 그 이름도 유명한 프랑스 국적의 마리 로랑생이다. 1900년대 초 새로운 미술운동으로 태동한 입체파와 야수파 사이에서 그 어느 편에도 속하지 않았던 그녀의 그림은, 남성 중심의 유럽 화단에서 여성적인 예쁜 그림으로 폄하되었던 시절들을 지나 이제는 오히려 현대인의 불안한 마음을 어루만지는 치유의 그림으로 여겨진다.

대학을 다니던 1970년대 후반만 해도 굵은 붓터치와 대담한 남성적 구도, 뭐 이런 게 평문을 장식하는 칭찬이었던 것 같다. 어쩌면 훌륭한 예술가란 그 아무도 닮지 않은 자기 자신의 흔적을 지구라는 돌 위에 새겨놓은 사람일 것이다. 마리 로랑생이 이십대에 그린 자화상은 슬프고 고독하게 보이지만, 아무도 꺾을 수 없는 굳은 의지와 자유로운 정신이 엿보인다. 시인 기욤 아폴리네르의 유명한 시 「미라보 다리」는 그녀를 향한 마지막 편지였다. "미라보 다리 아래 센강은 흐르고 우리들의 사랑도 흘러내린다." 이 구절을 모르는 사람이 있을까? 1911년 루브르 박물관에서 다빈치의 〈모나리자〉 도난사건이 일어나자 억울하게 연루된 아폴리네르와 그를 감싸 안지 못한 마리 로랑생은 이별을 맞는다. 이후 독일인 남작과 결혼한 그녀는 결혼 후 일주일도 지나지 않아 제1차 세계대전이 발발하자 독일 국적을 가진 이유로 프랑스와 독일 어디로도 가지 못하고 스페인으로 망명한다. 전쟁이 끝난 뒤 1920년에야 입국이 허락된 그녀는 이혼을 하고 프랑스로 돌아왔다. 참전의 상처와 독감으로 아폴리네르가 사망한 뒤였다.

이후 그녀는 삶의 질곡 속에서 자신만의 길을 굳건하게 걸으며, 섬세한 감성과 황홀하고 꿈같은 색채의 그림들을 많이 남겼다. 말년의 마리 로랑생은 이렇게 쓰고 있다. "나를 열광시키는 것은 오직 그림밖에 없으며 따라서 그림만이 영원토록 나를 괴롭히는 진정한 가치다."

프랑스 귀족의 혼외자로 자란 그녀가 두 번의 세계대전을 겪고 파란만장한 삶을 살았다 해도, 13년 뒤 대한민국에서 태어나 조선 최초의 도쿄미술전문학교 유학생이며, 여성 최초로 전람회를 연 여성화가, 개화기 시절 신여성의 상징이던 나혜석의 쓸쓸한 생애에 비할 수 있을까. 나혜석의 삶에 비하면 마리 로랑생의 삶은 「미라보 다리」처럼 그저 아름다운 꿈이다.

외교관의 아내로 화가로 문필가로 어머니로 활기찬 삶을 살았던 나혜석은 파리 체류 시절 한때의 연애 사건으로 가족에게서 세상에게서 버림받았다. 이후 그림으로도 삶으로도 재기할 수 없었고, 1946년 52세에 행려병자로 쓸쓸히 죽음을 맞는다. 화재로 인해 그림들이 소실되어 몇 점 남지 않은 그녀의 그림 가운데 우울한 분위기의 〈자화상〉이 있다. 젊은 날의 고독한 마리 로랑생의 자화상과 세상의 풍파를 다 짊어진 듯 우울한 나혜석의 자화상을 비교해본다. 남성 중심 세상에 과감한 도전장을 던졌던 나혜석은 화가이며 뛰어난 문필가이며, 두 세기는 뛰어넘었을 대한민국 여성해방의 선구자였음을 부인할 수 없다.

요즘은 나혜석의 예언이 딱 들어맞아 신기한 기분도 든다.

"조선의 남성들아. 나는 그대들의 노리개를 거부하니 내 몸이 불꽃으로 타올라 한 줌 재가 될지언정 언젠가 먼 훗날 나의 피와 외침이 이 땅에 뿌려져 우리 후손 여성들은 좀 더 인간다운 삶을 살면서 내 이름을 기억할 것이리라. 그러니 소녀들이여, 깨어나 내 뒤를 따라오라. 일어나 힘을 발하라."

오늘도 걷는다, 고로 존재한다

20세기를 대표하는 조각가 알베르토 자코메티의 전시를 보는 내내 가슴이 벅차올랐다. 낯익은 작품들 외에도 오래전에 쓴 그의 어록들이 새롭게 와 닿았기 때문이다. 실존주의 철학을 형상으로 창조해낸 것 같은 자코메티의 가늘고 긴 사람의 초상은, 개인적으로 제2차 세계대전 당시의 홀로코스트를 주제로 한 영화들이나 수용소 사진들에서 본 뼈만 남은 유대인들의 모습을 떠올리게 했다. 실제로 20세기에 일어난 두 번의 세계대전은 예민한 예술가의 영혼에 고독한 상처의 지평을 무한대로 넓혀주었으리라.

늙음과 죽음이라는 숙명을 타고난 인간의 근원적 슬픔을 온몸과 마음으로 느끼게 하는 자코메티 조각의 힘은 훌륭한 장인을 넘어서는 위대한 철학가가 작품 안에 있는 덕분이다. 자신이 살았던 20세기의 절망을 그토록 극명하게 표현한 예술가는 드물다. 그는 매일 전진한다는 기분에 사로잡히고자 했다. "나는 계속한다. 그것에 더 가까이 다가갈수록 그것이 더 멀어진다는 걸 알면서."

마음이 따뜻한 사람이구나

그가 남긴 어록들은 조각 작품을 넘어서는 인간 본질의 실재와 환영에 관한 사색이기도 하다. "만일 내가 카페 테라스에 앉아 반대편에서 걸어 다니는 사람들을 쳐다본다면, 나는 그들을 매우 작다고 볼 것이다. 그들의 실제 크기는 더이상 존재하지 않는다." 말하자면, 이것은 사랑에 빠질 때와도 비슷한 존재의 원근법이다. 사랑에 빠졌을 때 우리는 상대의 객관적인 본질을 왜곡시켜, 자신만의 시각으로 상대를 바라본다. 자코메티의 작품이 이전 조각 작품들과 전적으로 다른 것은 그 실물 크기에 관한, 실재와 무 사이의 변증법이다. "인간이 걸어 다닐 때면 몸무게의 존재를 잊어버리고 가볍게 걷는다. 거리의 사람들을 보라. 그들은 무게가 없다. 내가 보여주려는 건 바로 그 가벼움이다." 그의 작품은 참을 수 없는 인간 존재의 가벼움을 보여주면서, 반대로 참을 수 없는 인간 상황의 무거움을 암시한다.

그가 주요한 조각품들을 만들어낸 작업실은 생각밖에도 일곱 평 남짓한 작고 열악한 작업실이었다고 한다. "우습게도 내가 처음 이 작업실을 가졌을 때 난 이곳이 매우 작다고 생각했다. 하지만 오래 있을수록 이곳은 점점 커졌다. 나는 내가 원하는 모든 것을 이곳에 넣을 수 있다." 작은 작업실에 관한 노트는 실제 크기에 관한 자코메티의 사색을 떠올리게 한다. 시간과 공간은 작가의 상상에 따라 줄었다 늘어나는 유동적인 개념이다. 그는 값비싼 집을 소유하기보다 호텔에서 살고 카페처럼 잠깐 들르는 장소에 머무는 걸 더 좋아했다. 영원할 것처럼 보이는 이 세상이 전쟁으

사막에 관한 명상reflection on desert │ 130×192cm │ 2018

로 한순간에 무너져 내리는 걸 목격한 예민한 예술가의 당연한 생각일지 모른다.

전시를 보다가 사무엘 베케트의 희곡 『고도를 기다리며』의 연극 무대 미술을 자코메티가 맡았다는 걸 알게 되었을 때, 고개가 절로 끄덕여졌다. 그가 만들어낸 형상이 바로 고도를 기다리는 현대인의 초상이었으니까. "마침내 나는 일어섰다. 그리고 한발을 내디뎌 걷는다. 어디로 가야 하는지 그 끝이 어딘지 알 수는 없지만, 그러나 나는 걷는다. 걸어야만 한다." 마치 '파트리크 쥐스킨트'의 소설 『좀머 씨 이야기』를 생각나게 하는 자코메티의 말은 '그러함에도 불구하고 나는 살아야 한다'는 말로 들린다.

21세기가 왔어도 전쟁은 사라지지 않았고, 인류는 기상이변의 위기에 매 순간 위태로운 삶을 영위하고 있다. 그러함에도 우리는 자코메티의 조각품처럼 오늘도 걷는다, 고로 존재한다.

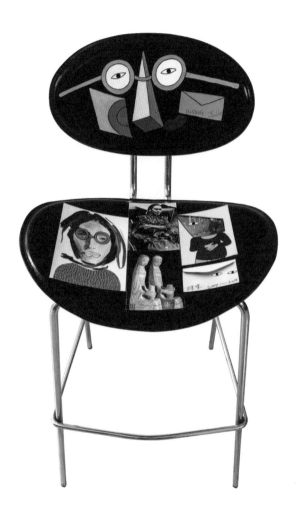

자화상 self-portrait │ 120×46cm │ 2018

3
나의 밤은 당신의 낮보다 아름답다

식물학botany │ 130×162cm │ 2013

내 마음속의 작업실

많은 예술가들이 그렇듯, 나는 날 때부터 섬세하고 편집증적이며 비현실적인 상상력의 소유자였다. 내 첫 번째 작업실은 어머니의 뱃속이었을 것이다. 끊임없이 꼬물대며 무엇을 하며 한 생을 보낼 것인지 암중모색하던 열 달이 지나고 세상 밖으로 작업실을 옮겼다. 그후로 한 5년 동안은 기억이 전혀 나지 않는다. 내 작업실의 기억은 다섯 살 때쯤부터 광화문 내수동의 막다른 골목 큰 대문집의, 턱이 높은 마루를 올라가 있던 다다미방에서 시작한다. 안쪽으로 작은 방이 하나 더 있었는데, 거기 책이 가득 쌓여있었다. 아버지가 발간하시던 잡지 『신태양』이 잔뜩 쌓여있고, 다른 쪽에는 사르트르의 『말』 히틀러의 『나의 투쟁』 앙드레 말로의 『인간의 조건』 생텍쥐페리의 『야간비행』 같은 책들이 쌓여있었다. 한쪽에는 위쪽에 한문으로 '신태양사'라고 인쇄된 빈 원고지가 가득 쌓여있었는데, 그 원고지가 바로 나의 첫 캔버스였던 셈이다. 남들은 원고지에 글을 쓸 때, 나는 원고지에 낙서도 하고 비행기도 접고 맨 처음 그림이라는 걸 그렸다. 어린 시절 나는 유난히 말이 없는 아이였는데, 유치원 졸업식 날 누군가 다가와 "너 벙어리지?"라고 말해 충격을 받았다. 하지만 벙어리면 어 떠랴? 언젠가 오래전에 명동의 어느 찻집에서 친구를 기다리며 멍 때리고 있는데, 옆자리에 앉아서 수화로 사랑을 나누는 두 사람을 보고 무척 부러웠던 기억이 난다. 내가 원하고 바라던 말이 바로 단 두 사람간의 '수화'라는 생각이 들어서였다.

유난히 말이 없는 딸을 걱정하던 어머니의 조기 미술 개인교습 덕분에, 초등학교에 들어가서는 모든 미술 실기대회에서 최고상을 받으며 월요일 조회시간마다 레드카펫을 밟았다. 그러는 사이 자폐에 가까운 침묵은 치료되었고, 낭독에도 뛰어난 재능을 가진 걸 알게 되었다. 수업시간에는 자주 시를 낭독하기도 했고, 회장 선거에 나가는 공부도 잘하고 잘생긴 친구를 위해 찬조연설을 하기도 했다. 자신이 진정 누구인지 모른 채 우리는 생을 마감한다. 기억 속의 내 두 번째 작업실은 자유당 시절 정치 깡패 임하수가 살았던, 낙원동의 일본식 가옥 2층 서재였다. 그 시절 나는 그곳에서 많은 책을 읽으며 누구나 외로웠을 중고등학교 시절을 보냈다. 내 기억 속의 세 번째 작업실은 연남동에 있던 3층 주택 지하실이었다.

대학교 3학년쯤 당시 나는 학교 수업을 툭 하면 빼먹는 불량학생이었지만 이미 나름으로 자신의 화풍을 정립한 화가였다. 그 지하실에서 수많은 그림을 그렸다. 담배를 피우고 있는데 불면증이 있으신 아버지가 갑자기 방문하시는 바람에 담배 피우는 걸 들키고 말았다. 이제는 죽었다 싶었는데 야단 한번 안 치시고 이후에 담배를 보루로 사다가 던져주고 가셨다. 잠이 오지 않는 밤이면 아버지는 늘 내 그림과 사랑에 빠진 비평가였다. 작업실로 쓰던 지하실은 꽤 넓어서 아주 큰 그림을 제작하기에도 충분했다. 어느 해인가는 장마가 와서 작업실이 물에 잠겨 캔버스들이 둥둥 떠다녔다. 캔버스를 건지러 온몸을 물에 담근 날, 일기에 이렇게 썼다. "아무래도 화가가 되는 일은 만만치 않을 것 같다. 독립운동가가 되는 일과도 비슷하다."

1970년대 말, 나는 물질주의적 추상이라고 할 대작들을 제작하느라 학교에 갈 시간도 없었다. 잭슨 폴록에 경도된 시절이었다. 물감을 뿌리고 던지고 페인트를 통째로 붓기도 하면서 매일 스무 살의 고독과 씨름했다. 정치, 경제, 사회, 문화적으로 금지된 것들이 너무 많았던, 그야말로 단색화의 시절이었던 그때 그 시절, 나는 온 세상이 컬러이기를 염원했던 컬러지상주의자였다. 생명은 곧 색깔이라는 생각에 사로잡혀 굳이 색을 쓰지 않으려면 왜 화가가 되는지 의문이 들기도 했다. 물론 흰색과 검은색이야말로 가장 위대한 색깔이며 흑과 백 사이에 얼마나 많은 색이 있는지는 서서히 알게 되었지만.

세월이 흐르면 지금과는 다른 아주 좋은 세상이 올 거라는 희망은 나이가 들면서 퇴색해갔다. 세상이 아무리 좋아져도 어떤 면으로는 동시에 더 나빠지기 마련이라는 걸 알게 되면서 우리는 어른이 된다. 희망조차 그렇다. 세월이 갈수록 눈이 높아져 웬만한 세상의 진화에는 눈도 깜빡하지 않고 계속 불평만 하는 존재가 인간이라는 것도 곧 알게 된다. 작업실도 마찬가지다. 좁고 허름한 작업실에서 그린 청춘의 그림과 나이 들어 넓고 편리한 작업실에서 그린 그림의 차이는 뭘까? 어쩌면 눈에 보이지 않는 마음의 작업실은 그곳이 초라하든 화려하든, 그리 문제가 되지 않을지 모른다.

대학교 4학년 가을, 나는 고 류경채 선생이 주관하시던 창작미술협회 공모전에서 문예진흥원장상을 받았다. 류경채 선생은 전도가 유망하다며 내 그림을 무척 칭찬하셨다. 수업시간에 매일 야단만 맞던 나로서는 어리둥절한 일이었으나, 스스로 옳다는 소신을 가지게 해준 그 시절 선생님께 감사드린다. 결국 예술의 길에 스승은 없다는 걸 알게 되는 데는 그리 오래 걸리지 않았다. 대학을 졸업한 뒤, 어느 기회에 윤명로 선생께 그림을 보여드렸더니, 이렇게 말씀하셨다. "이런 식으로 그리면 시간이 얼마 안 걸려서 그림이 너무 많아지게 되지." 사실 그 말이 맞는 것이, 하루에 1백 호 한 점 아니 두 점을 그렸더니 지하 작업실은 더이상 그림을 놔둘 곳이 없는 지경이 되고 말았다. 그 말에 얼마나 충격을 받았는지…… 이후 내 그림에 어떤 변화가 있었는지 선생이 아신다면 아마 놀라실 것이다. 그 시간 이후 나는 추상을 버리고 구상의 길로 들어섰다. 진정한 나만의 그림은 무엇이어야 하는지에 대해 생각하며, 어린 시절 원고지 위에 낙서를 하던 일부터 다시 시작하기로 했다. 어쩌면 옳든 그르든, 일부러 시간이 많이 걸리는 그림을 그리기 시작한 것도 일부분 진실이다.

그즈음 대학원에서 미학을 전공한 건 유전자상 문재文才가 있던 터라

미술평론을 하면 어떨까 하는 생각을 잠시 했기 때문이다. 연극을 무척 좋아하던 시절, 젊은이들 사이에 유행이던 마르크스 미학에 경도되어 「브레히트의 사회주의 리얼리즘」이라는 논문을 썼다가 통과되지 못하고, 다음 해 '바슐라르의 역동적 상상력'이라는 제목의 논문으로 대학원을 졸업했다. 갖은 겉멋을 다 부려보았다는 게 솔직한 심정이다. 나는 드디어 원고지 그림으로 청년작가들의 우상 비슷한 존재가 되었다. 이중섭의 은박지 그림이 떠오르기도 하는 원고지 그림은 내 젊은 시절의 자화상이기도 하다. 류경채 선생이 내 원고지 그림 전시를 보러 오셔서는 혀를 차며 말씀하시던 기억이 어제 같다. "아니, 그 좋던 그림이 왜 이 모양이 되었나?"

예술의 길에 스승은 없을지 모른다. 예술은 아무도 알아주지 않아도, 매 순간 이것이 과연 예술인가 하는 회의와 실험을 딛고 일어서는 고독한 자기자신과 싸움이다. 하지만 작업실이 싸움터이기만 했던 건 아니다. 살아갈 이유를 주었던 텃밭 같은 곳이기도 했고, 상실감에 빠졌을 때 영혼을 위로하는 치료실이기도 했다.

내 인생의 작업실 중 잊지 못할 곳 가운데 번화해지기 훨씬 전인 1980년대 대학로와, 창밖의 자유의여신상과 벗하던 뉴욕 월드트레이드 센터 근처의 작업실, 사랑하는 개 베티의 초상들과 '돌에 관한 명상' 연작을 남긴 북한산 작업실 등이 있다. 대학로 한가운데 지금은 층마다 호프집이 된 작은 건물 2층이 나의 작업실이었다. 1970년대 말 어머니가 직접 설계를 해서 지은 그 작은 건물은 내 그림의 더 없는 후원자이셨던 아버지의 추억이 짙게 묻어있는 곳이기도 하다. 오감도와 학림다방으로 기억되는 대학로의 문예진흥원 미술회관에서, 나는 아버지의 전폭적 지지를 받으며 첫 번째와 두 번째 개인전을 열었다. 철없는 마음에 자신이 많이 고독한 줄 알았던 그 시절이 돌이켜보면 든든한 아버지가 곁에 계셨던 참 행복했던 시절이었다.

1987년 뉴욕으로 건너가, 작업실에서 걸어서 1백 걸음도 채 안 되는 거리에 있던 월드트레이드 센터가 무너질 때까지, 나는 뉴욕과 서울에서 작업을 하며 반반씩 살았다. 한낮이면 창밖에 허드슨강이 햇볕에 부서지고, 해가 지면 석양에 온 하늘이 빨갛게 물들던 그곳에서 나는 수많은 그림들과 설치작품들을 남겼다. 서울에 와 있던 2001년 9월 11일 저녁, 무심코 TV를 보는데 낯익은 월드트레이드 센터 건물이 무너지는 광경이 눈에 들어왔다. 믿을 수 없었다. 이후 세월은 급류에 휩쓸린 듯 인정사정 보지 않고 흘러갔다.

아버지 다음으로 내 그림을 사랑하던 동생 황정욱이 세상을 떠난 지도 3년이 흘렀다. 가끔 동생이 "이 그림은 나 줄 거지?" 하며 씩 웃던 생각이 나서 그런 그림엔 '황정욱 거'라고 표시를 해둔다. 내게 있어 하루를 더 산다는 건 하루만큼 작품이 더 쌓이는 일이다. 언제나 작품 놔둘 곳이 없어 고민하는 모든 미술가를 사랑한다. 그건 상업적으로 아무리 성공한 사람의 경우라도 마찬가지다. 그는 세상의 기준으로 볼 때, 좀 모자라거나 미쳤거나 깨달은 도인이거나 하여튼 그런 종류의 사람일 것이다. 육십이 넘어서까지 화가이기를 조각가이기를 설치미술가이기를 포기하지 않았다면, 나는 그가 누구든 어떤 작품을 하던 무조건 존경한다. 지금 내 작업실은 동부이촌동의 오래된 아파트 건물에 있다. 80년대 초에 지은 넓고 천장이 높은 작업실에서 나는 지금 이 순간에 할 수 있는 작업들을 하고 있다. 세월이 흐르고 보니 모든 것이 그렇듯 그 순간에 할 수 있는 일이 다 따로 있어서 시간이 가고 나면 그때 그 그림은 그리지 못한다. 그게 지금 나의 얼굴이고, 다시는 돌아올 수 없는 이 귀한 시간에 대한 헌사이다. 그동안 거쳐온 세상의 각자 다른 작업실은 사연 많았던 시대의 방, 개인적 나이테의 방, 다시는 돌아가지 못하는 추억의 방이다. 중국혁명의 지도자 쑨원은 세상을 떠나며 아내 쑹칭링에게 이렇게 말했다고 한다.

"그대에게 준 것이 아무것도 없구려. 우리가 함께했던 집 안의 추억과 집 밖의 꿈을 그대에게 주고 가오." 전혀 다른 의미이긴 하지만, 화가에게 있어서 작업실은 집 안의 추억이며, 동시에 아직은 이루지 못한 집 밖의 꿈이기도 하다. 화가 김환기가 세상을 떠나기 전에 캔버스에 찍은 마지막 점을 떠올린다. 그 순간이 올 때까지 무릇 화가는 손에서 붓을 놓지 말 일이다.

별들이 있는 풍경

어릴 적부터 나는 수많은 책더미 속에서 자랐다. 출판업을 하시던 아버지의 사업은 겉으로는 화려했지만, 월말이 다가오면 어머니는 늘 직원들 월급을 주기 위해 돈을 꾸러 다니기에 바빴다. 나는 지금도 귀에 딱지가 앉도록 들었던 "빚만 없으면 행복한 거"라는 어머니 말씀이 귀에 선하다. 늘 나쁜 날만 있었던 건 아니다. 어느 날 베스트셀러가 팍 터지기라도 하면 우리 집은 축제 분위기가 되곤 했다. 실제로 이런 일도 있었다. 『저 하늘에도 슬픔이』라는 자전적 수기의 주인공 이윤복 군이 잠시 행방불명되는 바람에 그 책이 엄청난 베스트셀러가 되었다. 초등학교 1학년 무렵 그 책을 읽으며 많이 울었던 기억이 난다. 요새 말로 치면 소년가장의 고단한 삶에 관한 이야기였던 것 같다. 그 책을 읽으며 지금 나는 얼마나 행복한가? 그런 생각을 했던 나는 조숙한 어린이였다.

그 시절 읽은 동화책 가운데 아직도 기억에 남아있는 책은, 『알프스의 소녀』도 『소공녀』도 아니라 내 이름을 지어주신 아동문학가 마해송 선생의 『바위나리와 아기별』이다. 그런 동화가 있다는 걸 요즘 아이들은 알기

나 할까? TV를 보고 자란 세대와 TV 없이 자란 세대, 컴퓨터 사용 이전과 이후 세대는 그 감성의 편차가 너무 커서 서로 소통이 가능하기나 한 걸까?

어린 시절 읽었던 수많은 책들과 곁에 널린 원고지들로 비행기도 접고 낙서도 하던 아득한 옛날이 바로 엊그제 일처럼 떠오른다. 얼마 전 소금 염전이 끝없이 펼쳐진 증도에 갔었다. 밤에 일부러 가로등을 켜지 않는다는 증도의 밤은 캄캄했다. 캄캄해야 별도 잘 보이고 식물들도 잠을 설치지 않는다고 민박집 아주머니가 말씀하셨다. 정말 캄캄한 밤하늘에 수많은 별들이 알알이 박혀있었다. 내가 아주 어릴 적에도 가로등이 있었을까?

광화문 한복판이었으니까 아마 있었을지도 모르겠다. 어쨌든 캄캄한 밤하늘의 별을 그렇게 많이 본 건 참 오랜만의 일이었다. 하루 종일 한마디도 하지 않는 다섯 살 아이가 걱정스러웠던 어머니 손에 이끌려, 그 시절에 많지 않던 미술학원 계단을 처음 올라가던 기억이 난다. 대낮이었는데도 캄캄하게 느껴졌던 그 계단들 너머 창문이 있었던가?

온 세상을 다 회색으로 느끼던 어린 내가 제일 좋아하던 주제는 별들이 빛나는 캄캄한 밤하늘이었다. 말 없는 나의 말들은 말없음표가 되어 날아가 캄캄한 밤하늘의 별들이 되었을까? 고향이 시골이어서 어린 시절을 자연과 친하게 지내며 자란 아이들의 감성은 도시에서 자란 아이들과 많이 다를 것이다. 지금도 나는 어린 시절 시골에서 보낸 사람들의 감성을 부러워한다. 바닷가에서 태어났다면, 말이 없던 나도 어느 바닷가 갯벌의 구멍들에서 꼬물거리는 수많은 생명들과 말을 나누었을 것만 같다. 아니 논밭이라도, 산이라도 좋을 것이다. 바다와 산과 논밭을 대신해주던 사물이 내게는 책이었다.

누가 뭐라고 비난해도, 세상일이 아무리 잘 안 풀려도 기죽지 말고, 누가 아무리 칭찬해도, 세상일이 생각보다 너무 잘 풀려도 으스대지 말라던 내 젊은 날 어머니의 말씀이 떠오른다. 사실 그 말은 인생의 모든 후배들에게 내가 해주고 싶은 유일한 말이다.

평생 나를 위해 기도해주시던 우리 외할머니는 운동회날 바쁜 어머니 대신 하얀 끈을 이마에 매고 학부모 대표로 1백 미터 달리기를 하셨다. 그때 할머니 나이 칠십이 넘었다. "할머니 파이팅." 하고 응원을 하던 중학교 시절의 내 모습도 눈에 선하다. 오래된 내 걱정과 달리 할머니는 아흔일곱에 세상을 떠나셨다. 할머니가 돌아가신 날 밤, 2월의 꽃샘추위 속에서도 별들은 반짝였다. 추운 겨울날 빨래를 하느라 언 손으로 따뜻한 점심 도시락을 만들어서 학교에 갖다주곤 하던 내 어린 시절의 미라 언니, 봉순이 언니, 양순이 언니, 고마운 그녀들은 다들 잘 살고 있을까? 다른 아이들과 어울리지 못하는 고독한 어린이인 내게 늘 용기를 주시던 초등학교 1학년 때 담임선생님의 인자한 얼굴도 떠오른다.

얼마 전 잃어버린 지갑을 고스란히 돌려준, 우리 동네 베이커리에서 빵을 만드는, 미스 문은 내게 세상이 아름답다는 생각을 오랜만에 하게 해주었다. 내 기억 속에서 그들 모두는 다 캄캄한 밤하늘을 지켜주는 아름

식물학botany │ 130×162cm │ 2013

다운 별이다. 문득 이런 노랫말이 떠오르는, 곧 가을이다.

"착한 당신 외로워도 인생이란 따뜻한 거야."

조용필 〈바람이 전하는 말〉 중에서

하루만 빌려줘

잠이 오지 않을 때는 애써 자려 하지 말고 푹 쉰다고 생각하라는 어느 정신과 전문의의 말이 생각난다. 안 그래도 나는 잠이 오지 않을 때마다 "푹 쉬자." 그렇게 되뇌는 습관이 있다. 2012년 여름에도 폭염이 찾아왔었다. 밤마다 라디오를 켜놓고 잠들지 않는 세상의 모든 기억들을 달랬다. 어느새 아침이 되어 지독하게 울어대는 매미들의 합창을 들으면, 마치 그 소리가 세상에 불만을 토로하는 시위 같았다.

생각해보니 올해 매미들은 그해보다는 덜 우는 것 같다. 매미들이 심하게 울어대는 해가 따로 있는 이유는 천적 때문이라고 한다. 한꺼번에 출현하여 일부가 죽더라도 일부는 살아남아서 다시 종족을 유지할 수 있도록 하는 본능 때문이라고 한다. 이렇게 남과 북이 합쳐서 울어대면 통일인들 못 할까.

2007년 여름 미국 시카고 도심에 수천 마리의 매미 떼가 나타났다. 매미 한 마리의 울음소리가 믹서기 한 대 돌아가는 소리와 맞먹어서 야외음악회를 할 수 없을 정도였다고 한다. 얼마나 많은 사람들이 새벽부터 밤까지 혼신의 노력을 기울이며 이 각박한 삶을 살아내는 것일까? 오늘을 사는 우리 모두가 그렇게 목숨 걸고 울어대는 매미들 같다. 사실 나는 매미처럼 목숨 걸며 울기 싫다. 하지만 악착같이 울어대는 매미들을 보면 불안해져서 나도 따라 매미 흉내를 낸다. 오래전 처절한 매미의 속사정을 처음 가르쳐준 건 몇 년 전 세상을 떠난 동생이었다. 매미는 유충으로 17년 동안 땅속에서 나무의 수액을 먹고 자라다가 지상으로 올라와 어른이 된 뒤, 겨우 한 달 동안 지상에서 살면서 짝짓기를 해 나무껍질 속에 알을 낳고는 생을 마감한다고. 종족 보존을 위해 암컷을 유인하거나 질투심을 유발하는 다른 수컷을 위협할 때, 그리고 누군가 다가오면 잡힐지 모른다는 공포심에 더 극성스럽게 운다고 했다.

잠이 오지 않는 밤에 푹 쉰다고 생각하며 눈을 감으면 지나간 세월이 직선으로 그려진다. 20년 혹은 30년이나 되는 이쪽 끝과 저쪽 끝의 세월의 거리는 밤과 아침의 거리만큼 정말 그리 멀지 않다. 20년 전 동생은 식물을 그리는 누나를 위해 곤충도감을 사다 주었다. 곤충들이 얼마나 꽃처럼 아름다운지 그려보라고. 지금도 가지고 있는 그 곤충도감 속 매미가 날아올라 울어대는 꿈을 꾸었다. 아침에 눈을 뜨자마자 밤새 틀어놓고 잔 라디오에서 그룹 '엠씨 더 맥스'의 〈하루만 빌려줘〉라는 노래가 흘러나왔다. 노랫말이 딱 내 맘 같았다. "볼만한 영화는 없는지, 오늘 날씨는 어떤지, 이젠 아무 상관 없어. 내 곁에 네가 없어서. 하루만 널 빌려줘. 안 하던 운동을 하고 혼자서 옷도 고르고 너 없이 잘 지내고 싶은데 그게 맘처럼 잘 안 돼."

오늘 울던 그 매미가 내일은 울지 않을지도 모른다. 우리의 마지막 소원은 폭염이 아니라 너무도 힘들었던 한 생이었다 해도, 멀쩡한 걸음으로 날씨 좋은 가을을 만끽했던 그 하루만 더 빌렸으면 하는 게 아닐까? 무엇을 더 바라랴. 하루라 한들 더없이 고마울 가을이 또 오고 있다. 내일은 울지 않을 매미가 이렇게 울어대는 것 같다. "하루만 빌려줘."

개에 관한 명상

내가 개를 좋아하는 이유는 사람의 말을 알아들으면서도 결코 말을 할 줄 모르는 그 다정한 침묵 때문이다. 사람의 언어에 지친 사람들은 개의 그 말 없는 다정함에 정말 커다란 위로를 받는다. 게다가 언제나 주인을 반겨주는 그 한결같음과 결코 배신할 줄 모르는 마음 등 개가 지닌 덕목들은 하염없이 많다.

　나는 묶인 개들을 볼 때마다 감옥에서 도를 닦는 사람의 모습이 떠오른다. 게다가 너무 짧은 끈에 묶여 제대로 움직이지도 못하는 이 땅의 수많은 개들의 팔자가 어찌 슬프지 않으랴? 하루종일 아무것도 하지 않고 주인이 오기만을 기다리는 아파트의 애완견들도 도를 닦으며 살기는 마찬가지다. 우리는 마음에 들지 않는 기분 나쁜 인간을 '개 같은 존재'라고 부른다. 이 세상의 개만도 못한 사람들이 다 개처럼 도를 닦을 줄 안다면 좋겠다.

뉴욕 월드트레이드 센터 근처 아파트에 살던 1990년대 초, 별별 종류의 애완견들이 그 독특한 자태를 뽐내던 우리 동네에 사자처럼 유난히 기품있어 뵈던 개 한 마리가 있어 잊히지 않는다. 중국 황실에서 기르던 종이라는 그놈은 유난히 눈에 띄었다. 어쩌다 엘리베이터에서 그놈을 만난 사람들은 오늘 운수가 좋겠거니 했다. 덩치가 커다랗고 사자 같은 후광을 지니면서도 순하고 다정했다. 그런 어느 날 우리 아파트 행운의 마스코트였던 그놈이 죽었는데, 월스트리트에서 유능한 증권 전문가로 일하던 개 주인은 그놈이 죽은 이후로 한동안 실의에 빠졌다. 그러고는 회사를 그만두고 개 탁아소를 차렸다. 사람들은 그곳에 자기 개를 맡겨두고 안심하며 여행을 떠나곤 했다.

9·11사태가 났을 때 나는 서울에 있었는데, 말로만 들어도 그 살풍경이 실감이 났다. 아파트 창문들이 다 떨어져 나가고 접근 금지령이 내렸다. 단 하루 동안 여권과 애완견을 데리고 나오도록 허가가 떨어지자마자 사람들은 불도 들어오지 않는 컴컴한 계단을 30층까지 걸어 올라가 자기보다 더 큰 개를 안고 내려왔다고 했다. 그 풍경을 지켜본 아파트 사람들은 생애 최고의 감동적인 장면을 목격했다고들 했다. 어쩌면 서양인들은 사람보다 개를 더 사랑하는지도 모른다. 프랑스 여배우 브리지트 바르도가 한국사람들이 개를 잡아먹는다고 손가락질한다 해도 그건 정말 당연한 일이다. 어떻게 제 가족을 잡아먹을 수 있단 말인가?

하지만 그렇게 치면 소도 돼지도 닭도 생명 있는 그 어느 것도 잡아먹을 수 없다. 닭이나 토끼를 길러본 사람은 알 것이다. 내가 정을 준 그 어떤 짐승인들 잡아먹을 수 있으랴? 하지만 어떤 사람들은 기르던 짐승의 연한 고기를 먹으려고 주인을 향해 꼬리 치며 달려오는 개의 머리를 망치로 후려치기도 한다. 사람을 잡아먹는 일이 불법이 아니라면 어떤 사태가 일어날지 상상만 해도 으스스하다. 이 세상을 지배하는 가장 기본적인 원리가 약육강식임은 말할 것도 없다. 휴머니즘이란 삶의 근본 원리가 아니라 이 잔인하고 소름 끼치는 생물계의 삶을 그나마 버텨주는 가녀린 버팀목 같은 것이리라 믿는다.

개를 기르는 사람들은 모두들 자기 집 개가 최고라고 생각한다. 그런 개들은 말할 것도 없이 너무도 복을 많이 타고난 견공들이다. 내가 진돗개를 기르지 못하는 이유는 첫 주인을 잊지 못하는 그 충절이 너무 부담스럽기 때문이다. 어쩔 수 없이 남에게 줄 수밖에 없는 사정일 때, 주인만을 잊지 못하는 그 몸짓이 너무 슬프다. 그보다는 차라리 새로운 환경에 적응하는 데 천재인 우리 집 개 불독이 너무 사랑스럽다. 우리 집 불독 베티는 누구에게나 웃음을 준다. 마치 인생은 이렇게 따뜻한 것이라고 손짓발짓으로 우리 마음을 녹여주는 코미디언을 닮았다.

우리가 아파트로 이사를 온 뒤, 분당의 동생 집으로 돌아간 베티는 일주일에 한 번씩 동부이촌동 우리 아파트에 놀러왔다. 그 반가워하는 모습이 감동적이라 우리는 매주 일요일마다 마치 이산가족을 만난 기쁨에 휩싸였다. 사람을 보고는 절대로 짖지 않는 개, 눈이 내리면 컹컹 짖는 개, 달리는 오토바이만 보면 사납게 짖는 개, 하지만 너무도 다정하고 애교

만점인 개, 불독 베티에게 나는 밖에서 가끔 전화를 걸고 싶어진다. 그놈이 전화를 받으면 얼마나 좋을까 생각한다. 하지만 그놈은 "여보세요?" 하는 내 목소리에 아무런 대답이 없다.

그저 꼬리를 연신 흔들어대며 전화기를 핥아댄다고 한다. 내 목소리를 알아듣는 걸까? 이 죽일 놈의 짝사랑, 아무렴 어떠랴? 우리 모두의 사랑도 이렇게 따뜻하고 한결같기를.

건망증에 대하여

요즘 나이 환산법은 무조건 자기 나이에 0.7을 곱하면 된다고 한다. 그렇다면 내 나이는 지금 마흔 살이다. 희끗희끗한 새치에 염색을 하고, 젊은 취향의 패션으로 무장을 해도 속 내용을 바꿀 수는 없는 일이다. 나 역시 1년이 다르게 기억력이 나빠지고 있음을 절감한다. 하긴 기억의 용량이란 나이와 비례하는 것이 아니라 자신이 극복해야 할 스트레스의 양과 비례하는 것일지도 모른다.

광화문의 한 빌딩 건물에 씌어있던 구절이 떠오른다. '버릴 것이 무엇인지 알고 난 뒤에 나무는 더욱 아름답게 불탄다.' 정말 오랜만에 마음에 위안을 주는 글귀를 보았다. 문득 버려야 할 기억들이 무엇인지 잠시 생각해본다. 내 건망증의 시작은 사람의 이름을 기억하지 못하는 불편한 증상으로 나타났다. 누군가의 험담을 하려다 이름이 떠오르지 않아 못 하고 말기 일쑤다. 심지어 아주 유명한 배우의 이름도 생각이 나지 않는다.

'그 무슨 영화더라, 거기 나오는 그 남자배우가, 왜 어느 나란지 사막이 많은 데 가서 어떤 여자배우랑 어쩌구……' 이런 식으로 대화를 해도 다 알아듣는다면 그는 당신의 아주 친한 벗이다. 대통령 이름이 생각나는 것만 해도 다행이다. 건망증이란 이 세상 아무것도 믿을 수 없고, 이제 자기 자신조차 믿을 수 없을지 모른다는 위기의식의 시작이다.

그래서 무조건 기록을 하기 시작한다. 적어놓지 않으면 다 잊어버리는 건 나뿐만이 아니다. 나이가 많이 들면, 저 사람이 나에게 좋은 사람이었는지 나쁜 사람이었는지, 그런 기억도 가물가물해질지 모른다는 우려가 들 때가 있다. 안 좋은 사연이 있던 사람을 오랜만에 만나 몹시 반가워하는 풍경이 있고도 남을 일이다. 하긴 그런들 뭐가 나쁘랴.

고마운 사람도 다 잊어버릴까 봐 그게 문제다. 나는 총기가 몹시 좋은 편에 속했다. 한두 번 걸었던 전화번호를 몇 해 뒤에도 외우고 있어, 나 자신도 깜짝 놀랐다. 그런데 언제부터인지 모르겠다. 모든 걸 다 잊어버리기로 작정한 사람처럼 기억력이 엄청나게 나빠졌다. 물건을 사러 가서 돈만 내고 물건은 놓고 나오는 경우도 허다하고, 아주 친한 사람의 이름이 생각나지 않아 당황스러울 때도 있다.

천천히 생각해본다. '아니 땐 굴뚝에 연기나랴'인지 '아니 땐 굴뚝에 연기난다'인지. '공든 탑이 무너진다'인지 '공든 탑이 무너지랴'인지. 하긴 세상의 내용이 너무 복잡해져서 그 어느 쪽도 틀린 말이 아니다. 이제 상식과 보편에 대한 기억은 이 세상을 살아가는 데 그다지 도움이 되지 않는다. 한동안 잊고 있었던 얼굴들이 대통령 선거에 재출마하는 모습을 보면서, 쓸쓸한 고배의 잔을 마셨던 날들의 기억을 다 까먹은 걸 보니 아마 그들도 건망증이 아닐까 싶다. 하긴 절대로 헷갈리거나 잊어버릴 수 없는 속담이 하나 있기는 하다. 그건 바로 '열 번 찍어 안 넘어가는 나무 없다'라는 속담이 아닐까?

나는 그가 누구든, 그가 좋든 싫든, 이런 정신을 가지고 살아가는 사람들을 존경한다. '너무 많이 들었던 아주 유명한 멜로디인데 누구 음악이더라……' 젊은 시절 듣고 또 들었던 그 낯익은 클래식 음악이 누구의 곡인지 헷갈릴 때, 내 기억에 절망한다. 하긴 며칠 전 나는 돌아가신 할머니의 이름이 생각나지 않아 몇 시간 동안 우울했다. 그러다 섬광처럼 떠오른 할머니의 이름은 이젠 아무도 떠올리지조차 않는 잊힌 이름이 되었다.

'아니, 그것도 모르다뇨?' 나는 이제 아무에게도 이런 말은 절대 하지 않는다. 단 한 순간도 베토벤이나 바흐의 이름이 기억나지 않았던 적이 없다는 게 신기하다. 그렇게 단 한 순간도 잊은 적이 없는 이름들을 떠올린다. 이순신, 세종대왕, 퀴리 부인, 아인슈타인, 에디슨, 슈베르트, 반 고흐, 울릉도, 독도, 사랑, 희망, 우정…… 생각해보니 너무도 많은 것을 한 번도 잊은 적이 없다. 별안간 나는 안심을 한다. 그중에서도 아무리 세월이 흘러도 낡거나 죽지 않는 낱말, '희망' 하나는 절대 잊지 말고 기억하자고 스스로에게 속삭인다.

달구경

어릴 적 추석은 꿈에 부풀어 기다리던 즐거운 축제였다. 송편과 빈대떡과 과일들이 그림처럼 쌓여있던 차례상 앞에서 어린 동생과 나는 그저 즐거웠다. 빛깔 고운 때때옷을 입고 친척 집을 향하던 발걸음은 아무 걱정 없는 새들의 날개처럼 마냥 가벼웠다. 새들은 날아가면서 뒤를 돌아보지 않는다는 류시화 시인의 시가 떠오른다. 하지만 새가 되지 못하고 어른이 된 우리는 자꾸만 뒤를 돌아본다. 어린 우리의 손을 잡고 걸어가던 어머니의 걱정이 무엇이었는지, 사업을 하시는 아버지의 부채가 얼마나 되었는지 우리가 알 턱이 없었다.

저녁이면 휘영청 달이 밝았고, 하루가 가는 것이 아쉬워 넓은 대청마루에 앉아 하염없이 달을 바라보던 그리운 한옥집은 흔적도 없이 사라졌다. 바로 그 자리에 고층 아파트 단지가 들어선 지 오래다. 그 옛집이 하도 그리워 나는 아파트를 구경하러 여러 번 갔었다. 아무런 추억도 불러내지 못하는 고층 아파트에서는 북악산과 저 멀리 청와대까지 다 보였고, 전망이 아주 근사했다. 요즘도 꿈에 보이는 그 그리운 골목길을 누가 다 가져

갔을까? 막다른 골목길 하늘 위에서 어린 나를 내려다보던 한가위 보름달을 어찌 잊으랴? 달구경을 가고 싶다. 성북동이나 평창동 골짜기쯤이면 아직도 옛날 맛을 내는 달구경을 할 수 있을까?

대학 시절 어느 추석날 누군가와 달구경을 한 적이 있다. 우리 이종사촌 오빠의 고종사촌 형이던 그는 무척 잘생긴 청년이었다. 그를 보면 늘 가슴이 설레었다. 어느 추석에 우리 집에 인사차 들른 그와 함께 달구경을 나섰다. 아마 김대건 신부의 묘가 있는 절두산 성지였을 것이다. 별들은 빛났고, 달님의 얼굴은 얼마나 아름다운지 눈이 부신 밤이었다. 나는 알퐁스 도데의 소설 『별』의 주인공이 된 기분이었다. 그날 이후 그 잘생긴 청년은 나에게 좋아한다는 편지를 보냈다. 오랜 나의 짝사랑이 이루어지는 순간이었다.

하지만 몹쓸 건 정말 이 내 심사, 가까이 다가서는 순간 나는 그가 나랑 잘 맞지 않는 사람이라는 생각이 들었다. 지금 생각하니 그는 그 누구와도 맞지 않았을지 모른다. 너무 맑은 물에서는 물고기가 자라지 못한다고, 정말 그가 그랬다. 생각처럼 그는 행복하지 못했다. 첫 결혼에 실패하고 재혼을 했지만 그리 행복해 보이지 않았다. 그러고는 몇 년 전 어느 날 암에 걸려 아까운 나이에 세상을 떠났다. 병원 영안실에서 만난 그의 사진은 늘 그렇듯 참 잘생긴 청년이었다. 그 옛날 달구경을 그는 기억하고 있었을까? 삶의 형이상학은 언제나 현실의 형이하학에 자리를 내주고 만다. 세상의 많은 여자들은 그렇게 맑고 바르며 세상에 잘 적응하지 못하

식물학botany | 100×80cm | 2014

는 남자와 잘 살아내지 못하는지 모른다. 적당히 세속적인 세상의 남자들이 가정을 더 잘 꾸려가는 걸 보면 정말 그런 것 같다.

아직도 그 옛날과 똑같은 모습으로 내려다보는 달님은 세상이 점점 더 망가지는 이유는 바로 그렇게 세속에 물든 우리 탓이라고 꾸짖는다. 하지만 장을 보는 사람은 안다. 장바구니에 담긴 우리 일용할 양식을 위해 치러지는 돈이 얼마나 가볍고 무가치한지를. 장바구니 가득하던 추석의 기억은 어른이 되면서 서서히 그 의미가 사라져갔다. 남색 마고자를 입으신 아버지가 대문을 열고 들어서던 마당 넓은 한옥이 헐리고 난 뒤였을까? 이제는 세상에 없는 아버지와 할머니의 목소리를 잊어버려서일까?

내게 추석은 이제 별 의미 없는 휴가의 한 부분일 뿐이다. 어디 내게만 그러랴? 사는 일이 넉넉한 사람들은 외국 여행을 떠나고, 가난한 사람들은 추석 대보름에도 배가 고픈 이 불공평한 세상에 평화 있으라. 무정한 세월에 닳아 그조차 마음이 변한 달님 하나가 무심히 우리를 내려다본다.

나의 밤은 당신의 낮보다 아름답다

나의 밤은 당신의 낮보다 아름답다

아주 오랜만에 어젯밤 꿈속에 아버지가 나타나셨다. 우리가 살던 옛집 툇마루에 앉아 물끄러미 나를 바라보는 아버지의 얼굴은 창백했다. 뭐가 그리 급한지 서둘러 그 집을 나서는데, 아버지는 섭섭한 듯 "왜 좀 더 있다 가지." 하신다. 아버지는 돌아가셨는데 왜 저기 계실까 하는 나의 의구심은 꿈속에서도 계속되었다. 꿈속의 공기는 왠지 선뜻했다.

죽은 사람들이 자신이 죽었는지 모르고 있다는 설정의 영화 〈디아더스 The Others〉를 연상케 하는 장면이었다. 섭섭한 빛이 역력한 아버지께 "자주 뵈러 올게요." 하며 집을 나서는데, 생시처럼 갑자기 목이 메었다. 꿈속에서 나는 계속 생각했다. '아버지는 저렇게 살아계시는데, 유골은 어디 있을까?' 아버지는 너무 외로워 보였다. 우리는 왜 사랑하는 사람의 유골을 그렇게 멀리 두어야만 할까? 서양의 시골 공동묘지처럼 집과 가까운 곳에 있으면 안 될까? 아니, 예쁜 항아리에 담아 집안에서 내가 제일 좋아하는 장소에 두면 안 될까? 나는 희망한다. 언젠가 먼 훗날에 누군가 나와 가장 가까운 사람이 내 유골을 예쁜 항아리에 담아 머리맡에 두거나, 양평이나 청평쯤 시원한 북한강 강물에 흩어 보내주기를. 사실 이런 생각들을 일상생활 속에서도 가끔 한다.

언젠가 본 홍상수 감독의 영화 〈밤과 낮〉이 생각난다. 그 영화를 보면서, 일상의 자연스러운 표정들을 소재로 삶이라는 보자기를 직조한다는 점에서, 나는 내 그림을 보는 듯한 친근감을 느꼈다. 우리는 꿈을 꾼다. 꿈에서 깬 뒤 현실이 아니라 꿈이라서 다행이라고 안도의 숨을 내쉬거나 아쉬운 입맛을 다시기도 한다. 짧다면 짧고 길다면 긴 우리의 삶도 크게 보면 이 짧은 개꿈과 다르지 않다는 걸 암시하면서 영화 〈밤과 낮〉은 일장춘몽의 막을 내린다.

그러고 보니 영화 중 모든 장면이 꿈속 같다. 생각처럼 우리의 꿈은 드라마틱하지 않다. 엉뚱한 곳에 놓인 변형된 일상이 바로 꿈의 공간이다. 힘을 빼고 만들어서인지 이 영화는 지루한 듯하면서도 감칠맛이 난다. 가끔씩 졸면서 봐도 제맛이다. 너무 힘을 주면 오래 못 한다. 그게 무엇이든지 말이다. 나는 그렇게 생각한다. 내 그림을 보는 사람들도 가끔 딴 생각을 하면서 과거의 시간들과 만나는 틈새를 가졌으면 좋겠다는 생각을 한다. 하긴 나도 그날 오후 영화를 보러 가기 전 잠시 졸다가 개꿈을 꾸었다. 한 달 전 나는 돈을 주고 사철탕 집에 끌려가는 백구 두 마리를 구사일생으로 구했다. 여기까지는 꿈이 아니다. 그런데 그날 오후 꾼 꿈에서 한 험상궂은 미국인이 개 두 마리를 끌고 가려고 목줄을 잡아당기고 있는 게 아닌가! 다가가 연유를 물으니 그는 개가 아니라 그 목줄이 자기 거라고 우겼다. 내가 동물병원에서 돈을 주고 산 고급 개 목줄을 말이다. 꿈 속에서 나는 그 미국인과 영어로 마구 욕을 하며 싸웠다. 그 짧은 꿈을 꾼 뒤 보러 간 영화 〈밤과 낮〉은 종류는 아주 다르지만 꿈의 연속이었고, 우리 삶이 곧 그 개꿈이라고 말해주는 듯했다.

영화의 내용은 대략 이렇다. 방학이라 집에 다니러 온 외국 유학생들과 함께 대마초를 피다가 경찰에 쫓기는 몸이 된 무명 화가는 파리로 떠난다. 파리에서 만난 사람들과 연인 관계를 맺은 여자와 파리의 풍경들이 현실인지 꿈인지, 어디까지가 꿈이고 현실인지는 불분명하다. 확실한 현실은 곁에 누워있는 진짜 아내다. 꿈속에서 단 한 번밖에 보지 못한 여자가 새로운 아내가 되어 출현한다. 그는 꿈속에서 그녀에게 왜 내 옆에 붙어있느냐고 소리소리 지르며 넌덜머리를 낸다. 왜 우리는 이렇게 엉뚱한 꿈을 꿀까?

나는 오래전에 꾼 여전히 생생한 꿈들을 기억한다. 집 앞 골목길을 돌아나가면 갑자기 거대한 폭포가 나타나는 풍경이라든지, 운전을 하지 못하는 내가 신나게 차를 몰고 달리는 꿈들이 어제 꾼 듯 생생하다. 잠에서 깬 주인공이 바라보는 천장 위로 끝없는 뭉게구름이 흘러가며 영화는 끝이 난다. 이 영화는 생활의 발견인 동시에 백일몽의 서사시다. 우리들의 꿈같은 밤과 낮이다.

지난 시간은 영화 속이나 현실이나 다 꿈이 아닐까? 때론 정말 그 경계가 구분되지 않기도 한다. 정말 우리 삶이 내 좋은 대로 꾸는 꿈이라면 좋겠다.

꿈속에서 꿈을 이루고, 꼭 맘에 드는 사람과 사랑에 빠지고, 기분 좋은 일만 일어나는 그런 꿈. 그래도 후회하는 장면이 있을까? 있을 것이다. 늘 고쳐서 다시 꾸고 싶을 것이다. 문득 보지는 않았지만 제목이 아주 근사한 영화 제목 하나가 떠오른다. '나의 밤은 당신의 낮보다 아름답다.'

여든 살 국군 포로를 위한 노래

얼마 전 컴퓨터 외장하드에 저장해둔 추억 가득한 사진들이 실수로 한방에 날아갔다. 백업을 받아놓은 일부를 제외하곤 몇 년 동안 쌓인 여행의 기록들과 내 인물 사진들은 영원히 이별을 고했다. 며칠 동안 멘붕 상태에서 허우적거리며 지냈다.

그중에서도 가장 아쉬운 사진은 몇 년 전 티베트를 여행했을 때 찍은 사진들이다. 네팔에서 티베트로 들어가는 국경에는 티베트라는 나라 이름 대신 중화인민공화국이라는 이름이 씌어있었다. 그 슬프고 아쉬운 감정들을 담은 국경에서의 사진들도 다 날아가버렸다. 우리가 사진을 찍는 이유는 과거를 생생하게 기억하기 위해서다. 지워진 과거를 기억하는 방법은 역시 옛날처럼 필름 사진을 찍어두는 게 가장 안전하다는 생각이 든다. 내친김에 허전한 마음을 달랠 겸 앨범 속 옛날 사진들을 뒤적였다. 어릴 적에 찍은 흑백사진들과 어머니, 아버지의 젊은 시절 사진 그리고 실제로는 한 번도 본 적 없는 삼촌의 사진이 아직도 남아있는 게 참 다행이라는 생각이 들었다.

'우리 삼촌.' 그렇게 부르고 싶다. 한 번도 본 적 없는 삼촌이 내게 살가운 느낌인 이유는 어릴 적부터 사진을 보며 들은 아버지의 옛이야기 때문이다. 삼촌의 이름은 황만성. 장남인 형 대신 한국전쟁에 참전하여 다시는 돌아오지 않았다. 1989년에 돌아가신 아버지는 갓 태어난 나를 보며 "얘가 만성이를 닮았네." 하셨단다. 삼촌은 한국전쟁 때 행방불명된 국군으로 분류되어, 사망신고도 되지 않아 국군묘지에서도 만날 수 없다.

당시 꽤 유명한 출판사를 경영하던 아버지는 달 밝은 밤이면 술 한잔하시며, 만성이가 살아있다면 이렇게 소식이 없을 리 없다고 늘 말씀하셨다. 그렇게 삼촌의 이미지는 내 마음속에 새겨졌다. 가끔 탈북 국군포로가 중국 공안에 억류되어있다거나 하는 소식을 들을 때마다 나는 한 번도 본 적 없는 삼촌이 그리웠다. 흑백사진 속에서 환하게 웃고 있는 젊은 삼촌이 어쩌면 돌아가시지 않고 살아계실지도 모른다는 엉뚱한 생각이 든 건, 언젠가 북한의 탄광 지역에 아직도 생존해있다는 113명의 국군 포로 뉴스를 들으면서부터다. 국군 포로로 북한에 억류되어 탄광에서 온 생을 보낸 오빠의 소식을 듣거나, 명단 중에 오빠의 이름이 없다고 오열하는 할머니들의 인터뷰를 들으며 눈물이 났다. "60년 동안 얼마나 고생하셨을까?" 하며 TV 속에서 눈물짓는 젊고 아름다운 여성 앵커를 보며, 어째서 60년이 지난 이제야 국군 포로 명단이 확인된 건지 기가 막혔다.

물론 삼촌의 이름은 생존 국군 포로의 명단에 없었다. 그러던 어느 날인가, 81세 국군 포로 한 분이 탈북해서 중국 엔지에 머물다가, 중국 공안에 체포되어 중국 병원에 억류되어있다는 뉴스를 들었다. 살아계신다면 그분 나이 정도 되셨을 삼촌 생각이 스쳤다. 한국전쟁에 참전했을 당시 나이 스물한 살이던 삼촌은 묘도 없고, 그분을 기릴 것이라곤 아버지와 함께 찍은 낡은 흑백사진 한 장만 남았다. 고모 한 분 외에는 친가 쪽 가족이 살아계시지 않은데다가, 우리 어머니조차도 삼촌에 관한 이야기만 들었을 뿐, 젊디젊은 나이에 죽었는지 살았는지도 모를 존재가 된 시동생의 얼굴도 직접 본 적이 없다. 전쟁이 끝난 뒤 아버지와 고모는 삼촌을 계속 찾으셨다고 한다. 하지만 삼촌은 거제도 포로수용소에도 없었고, 사망통지서도 받지 못했다. 형 대신 전쟁에 나가 몇십 년 동안 행방이 묘연한 삼촌의 젊은 영혼에 관해 사실 나는 무심했다. 이상한 건 얼굴도 본 적 없는 낡은 흑백사진 속의 젊은 삼촌의 모습이 나이가 들수록 슬그머니 망각의 커튼을 뚫고 내 머릿속 한구석에 자리를 잡은 것이다.

　지금 중국에 억류된 그분이 우리 삼촌일지도 모른다는 엉뚱한 상상은 한나절 내내 머릿속에 머물렀다. 만일 그렇다면 나는 무슨 일을 할 수 있을까? 늙고 지친 몸으로 탈북을 시도한 여든 살 국군 포로의 모습은 죽는 날까지 자유를 찾아 탈출을 시도하는 영화 속의 빠삐용을 생각나게 하였다. 이제 생존해계신 국군 포로가 몇 분 남지 않았을 텐데, 비록 친족이 아니라 해도 그분들 모두 남이 아니라는 생각이 드는 건 나뿐일까? 생존해계시던 비전향 장기수 할아버지들은 모두 북한으로 돌아갔다. 그분들은 북한에서 극진한 대접을 받으며 잘 살고 계실까? 전향한 장기수들 중에는 북으로 돌아간 비전향 장기수 할아버지들을 부러워하며, 전향한 것을 후회하며 살다가 돌아가신 분들도 있을 것이다. 하긴 휴전 후 포로 교환 당시 남한도 북한도 아닌 제3국으로 간 분들의 운명은 또 어떻게 되었을까? 우리는 60년이 지난 지금도 분단의 비극이 낳은 수많은 상처의 흔적들 속에서 살고 있다. 오래전에 본 비전향 장기수들을 다룬 다큐 영화 〈송환〉의 한 장면, 장기수들이 북으로 돌아가는 길목의 이편에 서서 국군 포로들과 납북된 어부들의 송환을 부르짖는 가족들의 장면이 눈에 선하다. 어쩌면 우리 가족도 그 길목에 서서 결코 늙지 않는 사진 속 삼촌의 송환을 애타게 부르짖어야 했던 건 아닐까?

생전 아버지는 삼촌의 소식을 여러 번 애타게 찾았지만, 북한에 살고 계신다는 소식은 듣지 못했다. 지병으로 돌아가실 즈음 아버지는 꿈속에 자꾸 죽은 사람들이 보인다고 하셨다. "만성이가 꿈에 보이는 걸 보니 정말 죽은 모양"이라고도 하셨다. 우리의 기억 속에는 세월이 아무리 지나도 지워지지 않는 기억들만 옹기종기 모여 사는 구석방이 있을지도 모른다.

그렇게 보고 싶어도 볼 수 없는 형제자매들도 있지만 사실 지척에 살면서도 영 안 보고 사는 이들도 적지 않다. 형을 대신해 전쟁터에 나가 목숨을 대신하기도 하는데, 그깟 돈 몇 푼이 내 것이니 네 것이니 하고 싸우며 살아가는 이 시대 우리의 자화상은 쓸쓸하기 그지없다. 삼촌의 귀환을 기도하는 마음으로 여든 국군 포로의 무사 귀환을 빌었던 기억도 아스라하다. 그가 비록 단 며칠 동안 더 산다고 해도, 그리운 고향 땅 흙을 밟는다면 우리들 마음인들 어찌 좋지 않으랴?

　그런 생각을 한 것도 한나절, 또 세월이 흐르고 달라진 건 아무것도 없다. 그저 가족을 보고 싶은 한을 품은 사람들이 하나둘씩 사라져갈 뿐이다. 그나마 흑백사진으로라도 무사히 남아있는 젊은 삼촌의 얼굴을 바라보면 지금도 눈물이 날 것 같다. 6월이면 또, 평생 동생의 행방을 궁금해하시던 아버지의 기일이 돌아온다.

예술가의 집을 찾아서

어릴 적 살던, 지금은 아파트 단지가 되어버린 종로구 내수동 181번지가 못내 그리워 찾아 헤맨 것은, 1980년대 말 처음 뉴욕으로 떠나 몇 년을 지내고 돌아온 뒤였다. 막다른 골목길 끝이던 우리 집으로 들어오는 골목 입구에는 공중목욕탕이 있었는데, 나는 어머니를 따라 목욕탕에 가서 뜨거운 물에 들어가는 걸 너무 싫어했다. 어머니는 눈을 감고 물속에서 백을 세지 않으면 망태 할아버지가 잡아간다는 말도 안 되는 말씀을 하셨고, 유난히 순진했던 나는 목욕탕 창문에 어리는 망태 할아버지의 그림자를 보는 상상을 하곤 했다.

중고등학교 시절에는 낙원동의 오래된 일본식 주택에 살았다. 그 집 긴 담벼락을 지나면 유명했던 '오진암'이 있었다. 우리 집도 헐려 오피스텔이 되었고, 오진암도 헐려 터만 남았다. 낙원동에 갈 때마다 나는 사라져버린 내 삶의 한 부분인 옛집 터를 바라보며 탄식했다. 그런데 요즘 그곳에 천지개벽이 일어났다.

지금도 있는 은성약국 골목으로 들어가면 오래된 목욕탕이 있는 익선동으로 이어진다. 가끔 익선동을 갈 때마다 시간 여행을 하는 것 같다. 마치 상하이 뒷골목을 거니는 기분으로 익선동 골목길 구석구석을 거닌다. 한옥을 개조한 카페들과 각 나라 음식점들이 빼곡하게 들어선 익선동 골목은 관광의 차원에서 그 어느 나라에도 뒤지지 않는다. 인간의 운명이 대기만성이 좋은 것처럼 공간도 늦게 진화할수록 세련된 시공으로 다시 태어난다. 새로 태어난 익선동은 일종의 골목 박물관이다. 박물관이란 인류의 흔적을 없애지 않고 후세에 남기고 보존하려는 공간이다.

우리나라 미술관 가운데 내가 좋아하는 곳은 양구에 있는 박수근미술관이다. 미술관 뒤편에는 자작나무 숲으로 가는 산책로가 있고, 그 길을 따라 걸으면 전망대와 박수근 화백 묘소가 나온다. 묘소 동산에 앉아계신 청동으로 빚은 박수근 화백을 만나러 가는 길은 참 평화롭다. 그의 작품 앞에 서면 인간의 선함과 진실함을 그려야 한다는 작가의 소박한 진술을 오롯이 느낄 수 있다. 화가가 나고 자란 박수근 생가 터는 미술관으로 살아남았다. 세상 이곳저곳을 구경하면서 예술가의 집이 그대로 남아있는 걸 보면 늘 부러웠다. 그 어떤 예술가든 자신의 흔적이 영원하리라는 꿈을 지니며 살아갈 것이다.

터키 이스탄불에는 소설가 오르한 파묵이 어릴 적 살던 집을 사서 개조해 만든 순수박물관이 있다. 44일 동안 사랑을 나눈 한 여자를 평생 동안 사랑하며 그녀와 관련된 추억이 담긴 수많은 물건들을 모으고, 종국에는 그 물건들을 전시할 박물관을 만드는 한 남자의 이야기를 그린 『순수박물관』. 이 소설 속 공간은 상상의 여주인공의 집을 그대로 재현해놓은 박물관으로 다시 태어났다. 순수박물관이 있는 골목길에 오래된 목욕탕이 있었다. 그 목욕탕에 들어가 목욕을 하면서 어릴 적 어머니와 함께 갔던 목욕탕을 떠올렸다. 뜨거운 탕에서 백을 세어야 망태 할아버지가 잡아가지 않는다는 어머니의 소설 같은 거짓말도 같이 떠올랐다. 내가 살았던 모든 집들이 이제는 실재하지 않으며, 그저 아파트 속에서만 현존하는 나를 발견하며 쓸쓸한 생각이 들었다.

1980년대 말 돌아가신 아버지가 북한산 자락에 마련해주셨던 오래된 작업실도 머지않아 고양시에 수용되어 '길'로 변할 것이고, 남는 것은 작업실 터의 추억뿐이리라. 문득 내가 죽은 뒤에도 아주 오래 남는 화가가 되는 상상을 해본다. 그렇다면 사라진 나의 옛집들의 기억은 참 아까운 일이 아닐 수 없다는 이른 회한이 밀려든다.

식물학 botany | 130×162cm | 2017

뉴욕에서 다시 삶을 생각하다

서울이 내 고향이라면 두 번째 고향은 뉴욕이라 해도 과언이 아니다. 나의 삼십대가 고스란히 그곳에서 흘러갔다. 누구라도 그 나이엔 흘러가는 삶에 대한 관조를 즐기지 못한다. 외롭고 괴롭고 누가 쫓아오는 듯 불안하고, 원하는 바를 서둘러 이루려는 마음에 새벽까지 깨어있던 서른 살에 나는 뉴욕 맨해튼에서 매 순간 자신과의 전쟁을 치렀다. 나는 바로 곁에 월드트레이드 센터가 굳건히 서있는, 자유의여신상이 내려다보이는 고층 아파트 25층에서 10여 년을 살았다. 아침에 일어날 때나 잠들 때나, 나는 매일 그녀에게 인사를 했다. 그러고 보니 내 기억 속에 가장 낯익은 조형물의 이미지는 서른 살에 본 자유의여신상과 초등학교 시절부터 보아온 충무공 이순신 장군의 동상이다. 산이 없는 맨해튼에서 나는 종종 북악산을 배경으로 한 광화문과 이순신 장군의 동상을 그리워했다.

뉴욕을 떠나온 뒤 정말 많은 세월이 흘렀고, 나는 가끔 꿈에서도 매일 안녕을 고했던 자유의여신상과 어느 날 아침 갑자기 거짓말처럼 무너져버린 월드트레이드 센터 쌍둥이 빌딩의 풍경을 그리워한다. 2001년 9월

11일 비행기 한 대가 월드트레이드 센터 북쪽 건물에 와 부딪쳤고, 다시 다른 비행기가 날아와 남쪽 건물과 충돌했다. 이 믿을 수 없는 일을 멀리서 지켜보면서, 세상에 일어날 수 없는 일은 없다는 절망감을 느꼈다. 한 시간쯤 뒤에는 한 건물이 완전히 붕괴되었고, 30분 뒤에는 다른 건물도 완전히 붕괴되었고, 우리 집 옆 건물인 월드파이낸셜 센터도 힘없이 폭삭 주저앉았다.

　이후 나는 미국이라는 나라에 살기도 가기도 싫어졌다. 서울로 돌아온 뒤 뉴욕에 갈 일이 있으면서도 자꾸만 여행을 미루었다. 왠지 내 소중한 젊음이 그곳에서 폭격을 맞은 기분이라고 할까? 마침 올가을 그 사건이 터졌던 즈음, 가끔 전쟁의 불안에 시달리며 어느새 예순 살 생일을 맞은 나는 참으로 오랜만에 내 서른 살 시절을 보냈던 뉴욕으로 향했다. 예순에 삶을 다시 시작하는 기분으로 찾은 뉴욕은 너무 많이 변했고, 한편으로는 하나도 변함없이 그대로 있었다. 완전히 무너진 월드트레이드 센터 자리엔 새로운 건물들이 튼튼하게 다시 들어섰고, 그날의 희생을 추모하는 거대한 메모리얼 기념관이 세워졌다. 기념관에 들어가자 그 깊은 슬픔의 기억들을 거대한 예술적 저장고로 만든 능력에 놀라지 않을 수 없었다. 납치된 비행기 속에서 가족을 향해 걸었던 전화 속 마지막 목소리들도 생생히 남아있었다.

　이제는 너무 많이 변해버린 내가 살던 동네에서 한참을 맴돌다가 밤 강가에 나가 하나도 늙지 않은 자유의여신상을 바라보았다. 감정이 복받쳐

소리 내 "안녕." 하고 인사를 보냈으나 너무 오랜만에 왔다고 삐친 친구처럼 그녀는 다른 곳을 보고 있었다.

다음 날 아침엔 다운 타운의 휘트니 미술관과 근처에 새로 생긴 하이라인 파크를 거닐었다. 주변 환경을 그대로 살리고 공중에 공원을 만든 그곳은 참 뉴욕다운 곳이었다. 고풍스런 분위기를 그대로 살린, 내가 뉴욕에 살때는 없었던 첼시마켓을 둘러보고 갤러리들을 돌아본 뒤 저녁 무렵 미드타운 쪽으로 걸어 올라가다 보니, 예전에는 없는 듯 무시하고 다녔던 엠파이어스테이트 빌딩이 눈에 들어왔다. 해가 저물고 캄캄해질수록 그곳은 멀리서 가까이서 갖가지 색깔로 신비스럽게 빛을 발했다. 그 시절 한국에서 온 손님들이 엠파이어스테이트 빌딩을 보러 가자고 할 때마다 '볼 것 없다'며 거절하기 일쑤였다. 마치 대학 시절 유행하던 포크송만 좋아하고 절절한 트로트 노래는 돌아보지 않던 겉멋 잔뜩 든 마음에 비유할 수 있을까?

실로 오랜만에 본 엠파이어스테이트 빌딩의 우수에 찬 빛과 그림자는 진정 뉴욕을 대표하는 것이 아닐 수 없었다. 루프톱 카페에 올라가 눈앞에 오색 불빛으로 휘황하게 빛나는 엠파이어스테이트 빌딩에 건배하며 맥주 한잔 마시는 기분은, 외롭고 젊었던 시절에는 누릴 수 없었던 정신의 여유였을지 모른다. 호텔로 돌아가는 길의 뉴욕 지하철은 예나 지금이나 달라진 것이 별로 없었다. 수많은 인종의 냄새가 뒤섞인 퀴퀴하고 숨막히는 공기 속에 하나도 고치지 않은 채 늙어가는 지하철은 반갑다기보다는 그 옛날의 고독을 일깨웠다.

그대 안의 풍경 scene within you │ 8×13cm │ 2017

문득 50세가 넘어서 뉴욕으로 건너와 10여 년 그림 그리기에 모든 혼을 다 쏟다가 세상을 떠난 화가 김환기를 떠올렸다. 그가 타던 때나 지금이나 뉴욕의 지하철은 그리 많이 달라지지 않았으리라. 젊을 때처럼 뉴욕과 다시 사랑에 빠질 것 같지는 않다. 뉴욕에 두고 온 젊음을 만나본 뒤 아쉽게 돌아서는 길에, 이제 다시 시작이라는 내 남아있는 삶의 목소리가 들렸다.

4
잔지바르 또는 마지막 이유

그대 안의 풍경 scene within you ｜ 162×130cm ｜ 2011

오슬로, 백야의 기억

내 유럽 여행 기억은 대부분 1980년대와 1990년대에 머물러있다. 2000년 대를 기점으로 여행의 취향은 좀 더 거칠고 덜 개발된 곳으로 바뀌기 시작했고, 유럽은 비현실적인 첫사랑처럼 아스라한 기억으로 남았다. 그중에서도 1996년에 갔던 북유럽 여행은 무균질의 깨끗한 세상의 기억이었다. 나는 어릴 적에 읽은 북유럽 동화들이 이후로도 오래도록 마음에 남았다. 해가 지지 않는 나라, 상상만 해도 신비롭지 않은가?

북유럽 여행의 기억은 북위 71도 10분 21초, 노르웨이 가장 북쪽, 유럽 최북단의 땅 노르드 곶, 세상의 맨 끝에 관한 기억으로 시작한다. 여름에는 해가 지지 않고 겨울에는 해가 뜨지 않는 땅, 전설의 고향 같은 안개 속을 헤치고 대관령길같이 구불구불한 산등성이를 숨죽여 올라가는 버스에 실려 꿈인 듯 생시인 듯 달리다 보면 세상의 끝에 도달한다. 달 표면 같은 낭만적인 고원지대가 펼쳐지던 풍경, 거대한 빙하가 만들어낸 피오르와 오로라의 비현실적인 풍경들, 노르웨이의 산 풍경도 잊을 수 없다. 호수에 투영되어 어느 것이 실물인지 구분이 가지 않는 적막하고 아름다운 노르웨이의 산 풍경을 보고 나서, 문득 시리게 아름다운 한국의 강산이 제대로 보이기 시작했던 건 왜일까?

해가 지지 않는 백야의 기억은 어릴 때 읽은 북유럽 동화처럼 외로웠다. 우리에게 밤이 있다는 게 얼마나 축복인지 그때 알았다. 여름밤 별도 달도 없는 하얀 백야 아래 차가운 맥주를 마시던 기억도 떠오른다. 그렇게 우리가 사는 곳과는 너무 다른 땅들이 존재하듯이 사람의 마음의 땅도 그럴 것이다. 나와는 너무 달라서 이해할 수도 적응할 수도 없는 타인의 마음의 영토, 그 낯설음을 이해할 수도 이해하지도 않으려던 그 시절의 내 자화상도 떠오른다.

'북쪽으로 가는 길'이라는 어원을 지닌 나라 노르웨이의 울창한 숲들을 지나며 나 역시 하루키의 소설을, 비틀스의 노래를 떠올렸다.

"나는 한때 한 여자를 알았지. 아니 그녀가 한때 나를 알았다고 해야 할지 몰라. 그녀는 내게 자신의 방을 보여주면서 말했네. '좋지 않아요?'라고. – 내가 잠에서 깨어났을 때 나는 홀로였고, 새는 어디론가 날아가 버렸다네. 나는 불을 지폈지. 좋지 않아? 노르웨이의 숲에서."

비틀스 〈노르웨이의 숲〉 중에서

하루키 소설 속 주인공은 독일 함부르크 공항 기내에서 오래전에 죽은 첫사랑이 좋아하던 비틀스의 노래 〈노르웨이의 숲〉을 우연히 듣게 된다.

성장소설인 『노르웨이의 숲』은 노르웨이와는 사실 별 상관이 없는, 화살처럼 가버리는 한 번뿐인 젊음을 위로하는 상징적인 숲이다. 한낮에 노르웨이의 수도 오슬로의 칼 요한스 거리를 걸으며 미술관에 들어가 뭉크의 유명한 그림 〈절규〉를 보았던 기억도 아련하다. 〈절규〉의 회오리치는 것 같은 배경은 북극광 오로라를 보고 나면 고개가 끄덕여진다. 프라하 성을 보고나면 카프카의 『성』이 어떻게 쓰였는지 고개가 끄덕여지듯이.

전차를 타고 창밖으로 느껴지던 평화와 여유도, 그렇지 못했던 내 마음도 동시에 떠오른다. 무엇보다도 부러웠던 건 20세기 초 노르웨이의 조각가 구스타브 비겔란트의 조각공원이다. 지금은 많은 사람들이 다녀와 새로울 것도 없는 명소로 알려진 지 오래지만, 내가 방문했던 당시만 해도 깜짝 놀랄 만한 예술의 별천지였다. 212점의 작품을 전부 작가가 기증하여 만든 비겔란트 조각공원에서 나는 말을 잃고 하염없이 조각들 사이를 헤맸다. 탄생과 죽음, 사랑과 미움과 고통과 기쁨과 슬픔의 모든 감정과 생로병사의 의미를 조각으로 만들어놓은 대서사시를 오래도록 읽었다. 그 조각 작품들은 1900년대 초부터 1920~30년대까지의 오래된 작품들이었으나 세월이 흘러도 결코 낡지 않을 것 같은 영원한 서정성을 불러일으켰다. 나는 오슬로의 평화로운 시민들과, 요람에서 무덤까지 책임지는 믿음직한 사회보장제도와 영재보다는 장애우나 가난한 이들에게 혜택을 더 많이 준다는 합리적인 나라 노르웨이가 부러웠다.

무라카미 하루키는 『노르웨이의 숲』에서 미도리의 입을 빌려 '인생은 비스킷 통'이라고 했다. 그 비스킷 통 안에는 좋아하는 것과 좋아하지 않는 것이 들어있는데, 좋아하는 것을 먼저 먹으면 좋아하지 않는 것만 남게 된다는 의미였다.

좀 다른 비유지만 내 삶의 여행 비스킷 통 속에서 나는 맛있는 것부터 먹어치웠는지 모른다. 이를테면 유럽 여행을 가장 먼저 한 셈이다. 하지만 맛있는 걸 먼저 먹어도 우리 생의 비스킷 통 속엔 맛없는 것만 남지는 않는다. 우리의 취향이 달라지기 때문이다. 남아있는 비스킷이 어쩌면 더 맛있을지도 모른다. 오슬로 거리에 서있던, 지금이라면 청춘인 나이 마흔 살에서 너무 멀리 왔다. 앞으로의 20년도 눈 깜짝할 새 흘러갈 것이다. 다시 그곳에 간다면 외로울 틈도 없을 것 같다. 한순간 한순간을 그저 고마운 마음으로 주워 담을 것만 같다.

케냐 코어에서 만난 아이들

몇년 전 나는 말로만 듣던 아프리카 땅을 처음 밟았다. 아주 오래전 북아프리카에 위치한 모로코를 가본 이외에는 한 번도 가보지 않은 설레는 아프리카 여행이었다. 아프리카 하면 텔레비전에서 본 광활한 초원 위를 뛰노는 야생동물들이 떠오르지만, 동시에 아프리카는 기아와 질병에 시달리는 어린아이들이 살고 있는 곳이고, 그럼에도 화려한 색채와 타고난 리듬으로 원시예술이 살아있는 곳이다. NGO 단체 후원으로 아프리카 재능 기부 여행을 떠난 일행 세 사람은 오랜 시간을 비행한 끝에 케냐의 수도 나이로비에 도착했다.

다음 날 시내 근처의 국립공원에 가서 신기한 새들과 기린 등을 보았고, 사자를 보려면 더 멀리 가야만 했다. 지도에도 나오지 않는 이름 없는 작은 땅 '코어'로 가기 위해 우리 일행은 나이로비에서 경비행기를 탔다. 그때가 새벽이었는지 저녁이었는지 잘 기억이 나지 않는다. 그즈음 다시 읽었던 생텍쥐페리의 『야간비행』과 코어 여행의 기억이 뒤섞여 제3의 새로운 기억으로 남았는지도 모른다. 로버트 레드포드를 닮은 중년의 미국인 경비행기 조종사는 1986년에 시카고에서 케냐 나이로비로 여행 온 뒤 파일럿 선교사가 되어 20여 년이 넘도록 경비행기를 운전하며 살고 있다고 했다. 그렇게 그는 매일 비행기가 들어가지 않는 오지에 사람들을 날라다준다.

경비행기를 타자마자 그는 친절하게 안에 탄 일행 모두의 안전벨트를 확인하며 직접 매주었다. 비행기 창문을 통해 킬리만자로산이 보일 때마다 졸고 있는 사람들을 깨우며 저기에 킬리만자로가 있다고 일러주곤 했다. 구름 속의 킬리만자로는 꿈처럼 아름다웠다. 한때는 참 잘생겼을, 오랜 세월 아프리카의 강한 햇빛에 낡아간 내 또래 미국인 조종사의 얼굴에 비행을 떠나 다시는 돌아오지 않은 생텍쥐페리의 얼굴이 겹쳤다.

황무지인 코어에 착륙했을 때, 어쩌면 그건 무척이나 낭만적인 기분이라는 생각이 들었다. 작은 가시나무들 외에는 아무것도 없는 사막지대 코어에 도착해서 맨 처음 만난 사람들은 젊은 한국인 목사 부부와 까만 피부에 두 눈이 별처럼 빛나는 코어의 어린아이들이었다.

아이들은 우리 일행이 풀어놓은 크레용과 스케치북으로 그림을 그렸다. 태어나 그림을 처음 그려본다는 아이들도 많았다. 그림을 그려보라고 하니까 아이들은 낙타와 염소와 사막의 가시나무들을 그렸다. 이상하게도 아이들은 모든 사물을 비슷한 크기로 조그맣게 그렸다. 일렬로 늘어선 낙타와 염소와 가시나무와 사람, 그들이 태어나 바라본 세상의 풍경은 그게 전부였다. 인간은 모두 자기가 바라보는 세상을 그린다는 걸 그때 실감했다.

마음 깊이 참 훌륭하다는 생각이 들었던 젊은 목사 부부는 목동학교를 운영하고 있었다. 집집마다 똑똑한 아이들은 양과 염소를 돌보느라 공부할 시간이 없었다. 목동학교는 가시나무 그늘 아래 똑똑한 목동들을 모아 놓고 세상사는 일에 긴요한 지식들을 가르친다고 했다. 이를테면 속지 않고 사기당하지 않는 법과 암산과 영어로 말하는 법과 세상 사는 일에 필요한 지식들을. 젊은 목사가 들려준 이야기 가운데 잊히지 않는 건 그곳에도 자살하는 사람이 있다는 사실이다. 아이러니하게도 그들은 사막을 떠나 도시로 가서 공부를 마친 뒤, 적응하지 못하고 사막으로 돌아온 소수의 사람들이라고 했다.

마침 일요일이었고, 뜨거운 태양 아래 점심시간이 되자 목사 부부는 아이들을 위해 콩을 삶았다. 삶은 콩을 담는 빨강 파랑 노랑 초록 보라의 알록달록한 플라스틱 그릇들이 잊히지 않는다. 아이들은 아무것도 없이 그저 삶은 콩 한 사발을 참 맛있게도 먹었다. 그렇게 먹고 사는 일이 어려워도, 수업시간에 아프리카 전통 노래와 춤을 보여준 학부모들의 옷과 장신구는 너무도 컬러풀하고 아름다워서 눈이 부셨다. 쓰레기 조각들로 누덕누덕 기워 만든 그들의 집도 내 눈에는 마치 설치미술처럼 근사하게 보였다. 사진을 찍으려 하니 아이들이 우리를 둘러쌌다. 등 뒤에서 아이들 중 누군가가 내 양쪽 손을 지그시 잡았다. 그 손의 느낌이 얼마나 다정한지 눈물이 날 것 같았다. 끝내 내 손을 잡은 아이가 누구인지 알 수 없었다.

밤이면 별들이 쏟아져 딴 세상으로 변한다는 코어의 사막을 뒤로 하고 나이로비로 돌아가는 경비행기에 올랐다. 킬리만자로가 내려다보이는 풍경을 바라보며 못내 아쉬웠다. 이곳에 다시 올 수 있을까? 만일 다시 온다 해도 내 손을 지긋이 잡아준 그 아이는 몰라보게 커있으리라. 내 생애 잊을 수 없는 참 아름다운 여행이었다.

식물학botany │ 130×162cm │ 2017

둔황 밍사산을 그리다

실크로드의 시작이며 마지막 기착지인 중국 간쑤성 둔황에 가본 사람은 그곳을 쉽게 잊지 못할 것이다. '모래가 우는 산'이란 뜻의 '밍사산鳴沙山' 사막에서 머물렀던 순간들을. 깊은 가을에 가면 모래 우는 소리가 마음속 깊이 와 닿는다. 우루무치에서 밤기차를 타고 고비사막을 넘어 둔황에 도착했던 새벽을 떠올리니 어언 10년이 흘렀다. 흔들리는 밤기차를 타고 창밖으로 끝없이 펼쳐지는 타클라마칸사막을 바라보던 순간만큼은 마음이 한없이 넓어지는 기분이었다. 실크로드 여행은 낙타에 짐을 가득 싣고 천산산맥을 넘어가던 중앙아시아의 상인들을 떠올리게 하는 힘든 여행길이 아니라, 너무 많은 사람들이 오고가는 관광 여행상품이 되어있었다. 그래도 그 옛날 낙타를 타고 사막을 건너는 상인들의 길을 상상해보는 것만으로도 좋았다.

'둔황산장'은 실크로드 냄새를 그대로 간직한 아름다운 숙소였다. 4층에 올라 내려다보면 부는 바람에 따라 그 모습이 변하는 밍사산이 바라다보였다. 밍사산의 새벽과 일출과 한낮과 일몰과 밤을 다 지켜볼 수 있었던 잊을 수 없는 공간이었다.

그곳에 앉아 사막으로 이루어진 모래 산을 하염없이 바라다보니 문득 아주 예전에 본 왕가위 감독의 영화 〈동사서독〉이 생각났다. 한없이 크고 넓은 중국을 여행하면서 우리는 이 산에서 저 산으로 단숨에 뛰어넘는 축지법의 영화 세계를 이해하게 된다. 〈동사서독〉은 내가 본 무협 영화 가운데 가장 심오하고 아름다운 영화였다. 너무도 아름다운 사막의 영상 말고도 삶이란 이런 것이라고 말하는 주인공들의 독백이 잊히지 않는다. "우리가 사는 이 사막의 너머엔 또 다른 사막이 있다. 그곳에 무엇이 있는지 우리는 늘 궁금해하지만 막상 산 너머엔 아무것도 없다는 걸 알게 된다. 그러고는 차라리 여기가 낫다고 여긴다. 예전에는 산 너머에 무엇이 있는지 궁금했지만 지금은 아니다. 고향을 떠나 10년 동안 살아온 나는 고향인 이 사막조차 제대로 보지 못한 게 아닐까?" 사막이라는 상징으로 이루어진 영화의 배경은 마치 '세월은 내게 덧없다 하지 않고 우주는 내게 곳 없다 하지 않네.' 그런 시 구절이 떠오르게 하는 초현실적인 시간과 공간이다.

그 초현실적인 시간과 공간을 둔황에서 만났다. 낙타를 탔던 기억도 생생하다. 내가 탄 몸집이 작은 어린 낙타는 어쩌면 사람을 처음 태운 듯 마냥 울어댔다. 왠지 나는 그 어린 낙타가 상술로 엮인 흔한 인연이 아닌 듯 가슴이 찡했다. 낙타의 눈이 내 눈을 들여다보았다. 낙타의 등에서 내린 후 일별하고 돌아선 뒤에도 계속 그 눈이 생각났다. 단 한 번도 죄를 저지르지 않고 생을 마감할 천사의 눈이었다. 동물의 눈을 들여다보면 갓난 아이의 눈을 닮아 천사처럼 빛난다. 정을 붙이면 쥐나 뱀의 눈도 그럴까? 사막은 우리의 마음을 평화롭게 한다.

밍사산 한가운데 한없이 널브려져 앉아 수시로 관광객을 태우고 모래 산을 몇 번이고 오르내리는 썰매꾼들의 사는 법을 바라보았다. 바람이 불면 이리저리 모양이 바뀌는 모래 산꼭대기에 올라 아래를 내려다보면 언제나 물이 마르지 않는다는 월아천이 꿈처럼 아련하다. 밍사산을 아쉬운 마음으로 뒤로하고 막고굴로 향했다. 그곳은 모래바람에 의해 형성된 크고 작은 6백 개의 석굴에 열 개의 왕조가 천년의 세월에 걸쳐 만든 불교 미술의 보고다. 막고굴에서 어마어마하게 큰, 상상할 수 없을 정도로 거대한 불상을 만났다. 모나리자의 미소를 닮은 부처의 미소를 보면서, 문득 우리 어머니의 미소를 닮았다는 생각이 들었다. 막고굴에서 만난 부처는 우리 어머니처럼 크림슨 빛깔의 붉은 루즈를 바른 듯 빨간 입술을 하고 있다. "엄마 늙을수록 야한 루즈를 발라야 해." 하면서 어머니께 빨간 루즈를 사다준 생각이 났다.

석양이 질 무렵 밍사산에 다시 오른다. 초승달 모양을 한 작은 연못 월아천에도 다시 가본다. 시간에 따라 다른 색깔로 변하는 오아시스 월아천은 해가 지면 황금빛으로 빛난다. 타임머신을 탄 듯 신비로운 풍경이다. 밍사산에서 사막을 내려다보자 관광객들과 그곳에서 삶을 이어가는 원주민의 삶이 한 장면에 등장하는 그림이 머릿속에 떠올랐다. 사람들의 발길이 끊이지 않으면서도 새벽이나 밤이 되면 고요한 곳, 달나라 같은 고적한 풍경 속에 옛날과 오늘이 공존하는 곳, 그 풍경 속에 도시 사막에서 살아가는 현대인들의 풍경을 오버랩시켜 그려보았다. 사람이 없으면 잊을 수 없는 풍경이 되고, 사람이 있으면 살아가는 무대가 되는 밍사산의 모래사막은 내 그림 속에서 '그대 안의 풍경'으로 살아남았다. 정말 저 모래사막 너머에는 뭐가 있을까? 수십 년을 살아온 내 나라도, 아니 내 마음 속도 다 못 본 것 같다.

스리랑카, 잃어버린 시간을 찾아서

어느새 선선한 가을, 문득 스리랑카에서 보낸 여름날들이 떠오른다. 첫 도착지는 히카두와의 아름다운 바다였다. 그 앞에 서자 2004년 스리랑카를 휩쓴 무서운 쓰나미의 위력을 상상할 수 있었다. 끝없이 펼쳐진 아름다운 바다 풍경 너머로 자연의 무서운 위력이 되살아났다. 쓰나미로 인한 재해 이후 관광객이 부쩍 줄어 마을 사람들은 힘든 나날을 보내고 있었다. 평생 고기를 잡으며 살아온 중년의 어부는 다음 생에 다시 태어나도 어부가 되겠다고 했다. 아니 내 말 뜻을 잘 못 알아들은 걸까? 죽은 뒤 다시 태어난 삶이 아니라 앞으로 남아있는 나날들에 관해 말한 것일까? 아무래도 좋았다. 그는 어부의 아들로 태어나 어부로 살다가 어부로 늙고 있다. 그리고 어부로 죽을 것이다. 그 아름답고 정든 바다가 그에게는 지상의 낙원이요, 포근한 고향이요, 죽은 뒤에도 돌아갈 거대한 자연이다. 그는 의사도 변호사도 대통령도 아닌 어부로 살아가길 바란다. 하지만 그는 자신의 자식이 어부가 되길 바라냐는 질문에는 아니라고 세차게 고개를 저었다. 대를 잇는 경제적인 궁핍이 싫은 까닭이리라.

잔지바르 또는 마지막 이유

배를 타고 나간 바다는 풍랑이 셌다. 물고기처럼 물속에서 햇살 속으로 튀어 오르는 아름다운 바다거북도 그곳에서 처음 보았다. 작은 풍랑을 만나 그만 배 안에서 넘어졌고, 새끼손가락을 조금 다친 듯했다. 통증을 참으며 약국을 향해 걸어가는 중에 중년의 어부는 내내 자신의 행복하지만 가난한 삶에 관해 이야기했다. 바다가 있어서 행복한 그에게 물고기 잡기는 내게 있어 그림을 그리는 일과도 같을 것이다. 그림을 그려서 물감도 살 수 없을 정도라면 나도 이 어부처럼 조금만 더 돈을 벌 수 있기를 기도하리라. 그저 조금만 더 돈을 벌 수 있다면, 욕심 없는 가난한 마음으로 행복하게 살다 죽을 것이다.

히카두와의 작고 아름다운 마을 아한가마에서 '스틸트 피싱'이라는 특이한 낚시법으로 고기를 잡는 그곳 어부들의 모습을 한동안 구경하다가 늙은 어부 한 사람을 알게 되었다. 평생 한 가지 일에 몰두하며 살아온 사람들의 표정에는 사람의 마음을 움직이는 카리스마가 서려있었다. 그것이 예술이든 고기를 잡는 일이든 농사를 짓는 일이든 다 그렇지 않을까?

늙은 어부의 초대로 찾아간 그의 집은 그곳에서는 그래도 넉넉한 편이라 했다. 나무 꼭대기로 올라가 따온 코코넛 열매 속에는 시원한 코코넛 원액이 가득 담겨있었다. 코코넛 열매에다 사탕수수에다 매일 잡는 물고기만 해도 먹고살 걱정은 없을 듯했다. 정말 그렇게 사는 것도 괜찮으리라.

늙은 어부가 잡은 생선에다 카레를 넣고 끓인 매콤한 음식은 내 입맛에 맞았다. 집에서 만든 스리랑카 가정식을 맛보는 소중한 기회였다. 자기 손으로 내 입속에 음식을 넣어주는 늙은 어부 부부의 따뜻한 마음이 내 마음 속으로 섞여들었다. 참 오랜만에 느껴보는 타인의 따뜻한 친절이었다.

　오랜 스리랑카 여행길에서 그 신비스러운 분위기를 가장 진하게 느낀 곳은 카타라가마이다. '카타라가마 신전'은 이곳에서 기도를 하면 어떤 소원도 다 들어준다는 스리랑카 최대의 성지다. 기도를 하러 온 사람들의 줄이 길었다. 그중 한 여인은 이곳에서 기도를 한 지 사흘 만에 잘 보이지 않던 눈이 환해지기 시작했다고 했다. 신에게 바치는 공물인 과일이 담긴 접시를 이들은 '푸자'라고 부른다. 마치 우리네 제사상에 올리는 과일 접시를 닮은 푸자를 들고 나도 줄을 서서 신전에 들어가 소원을 빌어본다. 불교와 힌두교가 평화롭게 공존하는 카타라가마 신전 분위기는 무속의 분위기가 짙어 더욱 강렬한 신비감을 자아낸다.

　나의 꿈은 무엇일까? 그건 말할 것도 없이 죽은 뒤 아무리 세월이 흘러도, 아무리 세대가 바뀌어도, 사람들에게 잊히지 않는 그림을 그리는 화가가 되는 것이리라. 아니, 이 힘든 삶에서 넘어져도 몇 번이고 오뚝이처럼 다시 일어나게 하는, 누가 뭐라 해도 절대 버릴 수 없는 꿈, 이룰 수 없어서 불행한 욕심이 아니라, 간직할수록 총총 빛나는 아름다운 꿈 하나 지키는 일은 행복이 아닌가. 뜨거운 열기로 가득한 신전을 나와 맨발로 뜨거운 모래를 밟으며 신전 뜨락을 걷다가 이상한 풍경을 목격했다. 박수 무당쯤으로 보이는 한 남자가 우리의 옛 형틀 같은 물건을 여인의 목에 씌우고는, 여인의 머리채를 휘어잡고 온 사원 안을 돌아다니고 있었다.

물어보니 여인의 몸에 죽은 친척의 혼이 들어가 온몸이 아프다고 했다. 여인은 남자의 손에 머리채를 휘어잡힌 채 마치 귀신이 시키는 듯 그로테스크한 춤을 추어댔다.

우리 돈으로 25만 원을 주고 무당굿을 한다고 했다. 스리랑카 화폐 가치로 우리 돈 25만 원은, 하루종일 일하는 노동자들이 서너 달을 벌어야 하는 액수다. 갑자기 영화 〈김약국의 딸들〉에서 무당굿을 하는 장면이 떠오르면서, 그 옛날 우리 동네를 돌아다니던 미친 여인의 얼굴이 오버랩되었다. 왜 옛날엔 동네에 미친 여인들이 그리 많았을까? 그날 밤에도 나는 신전에서 본 여인이 되어 그로테스크한 춤을 쉬지 않고 추어대는 악몽을 꾸었다. 날이 밝자 카타라가마를 떠나 일행은 모나라갈라로 향했다.

공들여 심은 농작물을 엉망으로 만드는 코끼리를 쫓기 위해 나무 꼭대기 위에 집을 짓고 밤마다 선잠을 자며 살아가는 사람들의 이야기를 들어본 적이 있는가? 전기도 들어오지 않고 TV도 없는 이 마을 사람들은 술과 노래와 춤으로 슬픔과 절망과 고단함을 녹여낸다. 목에서가 아니라 마음에서 울려오는 그들의 노래가 심금을 울린다. 내게도 한 곡 부르라고 재촉하자 나는 엉뚱한 노래 하나가 떠올랐다. 어릴 적에 듣던 상큼하면서도 애잔한 노래 위키리의 〈종이배〉를 한 곡조 불렀다. 이들의 절절한 정서와는 전혀 다르지만, 삶을 살아가는 외로움과 그럼에도 삶에 대한 진한 사랑이 담긴 노래의 내용은 닮아있으리라.

모나라갈라 코끼리 마을은 이 세상의 소란과 번잡함을 모두 떠난 그들만의 세상이다. 이곳에서 가장 젊은 한 청년의 절절한 춤사위를 구경했다. 그 춤 속에 젊은 꿈과 회한이 녹아있었다. 그의 몸짓에서 말을 하지 않아도 들리는 목소리를 듣는다. '이곳을 떠나고 싶어요.' 과연 그는 이곳을 떠나 행복할 수 있을까? 나는 그들의 춤과 노래가 한참 무르익는 자정 무렵 나무 꼭대기 집 위로 올라가 잠을 청했다. 그날 밤 코끼리는 나타나지 않았다. 그날 밤 역시 나는 꿈을 꾸지 않을 수 없었다.

스리랑카 여행 중 수많은 코끼리를 보았다. 이들에게 있어 코끼리란 어떤 존재인가? 코끼리 고아원에서 만난 수많은 코끼리들은 부모를 잃은 야생 코끼리들과 몸이 아프고 불구가 된 어린 코끼리들이었다. 무거운 물건을 나르는 코끼리, 애써 가꾼 농작물에 해꼬지하는 코끼리. 축제 때 온 몸에 금박 장식을 두른 화려한 코끼리, 내게 그 코끼리들은 너무도 다른 모습들이었지만 스리랑카 사람들에게 코끼리는 이 한 생을 같이 공존해 나갈 보호와 사랑의 대상이었다. 물론 어느 한쪽에서는 착취가 이루어지고 있겠지만, 이들이 자연을 사랑하며 자연과 더불어 살아가는 사람들인 것만은 틀림이 없으리라. 비록 못 먹어서 비쩍 마른 거리의 개들도 많았지만, 나는 스리랑카에서 묶여있는 개를 한 마리도 보지 못했다. 코끼리 마을을 떠난 날, 젖병을 물고 있는 어린 코끼리를 꿈속에서 보았다. 스리랑카 여행 동안 나는 하루도 빠짐없이 계속 꿈을 꾸었다.

돌에 관한 명상reflection on stone │ 32×36cm │ 2017

광활하고 새파란 차밭들이 장관을 이루는 누와라엘리야는 영국 식민지 시대의 향수가 가장 짙게 남아있는 아름다운 산악 휴양지다. 이곳에 들어서면 거짓말처럼 한낮의 뜨거운 기온이 선선한 가을 날씨로 변한다. 이 좁은 나라에서 동시에 사계절을 느낄 수 있다는 게 신기했다. 세상에서 가장 좋은 차맛을 자랑한다는 실론티 차밭으로 향했다. 이곳 누와라엘리야 차밭에서 찻잎을 따는 여인들은 영국 식민지 시절에 강제 노동으로 끌려온 인도 타밀족의 후손들이다. 스리랑카의 마지막 천민으로 살아가는 산악 마을 여인들은 하루종일 찻잎을 따고 우리 돈으로 겨우 몇천 원 정도를 번다고 한다.

나는 비를 맞으며 차밭에 서서 스케치를 하다가 찻잎을 따는 여인들 중 순수해 보이는 한 처녀를 따라 집 구경을 하러 갔다. 흐린 램프 아래 한기가 도는 눅눅하고 어두운 움막집에서 열 식구가 넘게 살고 있었다. 이 사람들은 이방인인 나를 향해 아무 사심 없이 생글생글 웃었다. 아이들의 표정은 바깥세상에 대한 호기심으로 빛난다. 찻잎을 따는 처녀는 언제 제일 행복하냐는 질문에 행복한 적이 거의 없다고 했다. 그런데도 그녀는 늘 웃고 있었다. 앞으로 제일 하고 싶은 일이 무언가 물으니 돈을 많이 벌어 예쁘게 살고 싶다고 했다. 돈이 많은 사람들은 과연 예쁘게 살고 있을까? 겉모습은 몰라도 속으로는 그렇지도 않을 것이다. 나는 그 집을 떠나며 내 그림으로 인쇄한 그림엽서 세트를 선물로 주었다. 아무것도 붙어있지 않은 벽에다 예쁘게 붙여놓으라고. 나는 그림의 의미란 삶을 아름답게 가꾸는 데 있다는 세속적인 정의를 수긍하고 싶어진다. 어둡고 막막한 그림은 박물관에나 붙여놓으라지, 문득 그런 생각이 들었다. 세상의 모든 가난한 사람들이 목말라하는 것은 모든 것을 해결해줄 수 있는 돈, 돈이다. 사랑의 위조지폐범이 되어, 돈을 그림으로 잔뜩 그려서 그들 손에 쥐어주고 싶었다.

우리 일행은 그 푸른 누와라엘리야 차밭을 뒤로 하고, 스리랑카 최대의 문화 유적지인 시기리야를 향해 떠났다. 시기리야는 5세기에 해발 370미터의 가파른 정상에 세워진 고대 도시다. 아버지를 죽이고 왕좌에 오른 아들의 고독감과 공포감이 이 산꼭대기에 고립된 거대 도시를 건설하게 했다는 슬픈 이야기를 들으며, 이 거대한 바위 도시를 만든 수많은 노동자들의 피와 땀을 떠올린다. 그 어느 곳에나 위대한 유적이 남아있는 곳들은 왕 한 사람의 거대한 생각과 죽음을 불사한 수많은 천민들의 피와 땀으로 이루어졌다. 그야말로 문명의 아이러니가 아닐 수 없다. 천민들의 땀을 훔치지 않았던 예외적인 문명은 인디언과 에스키모인들의 문명이 아닐까? 누군가의 희생이 없는 결과물이란 없는가보다.

정상에 오르자 해질녘의 시원한 바람이 불어와 온몸의 땀을 식혀준다. 굽이 보이는 아름답고 장대한 풍경에 "아一" 하는 탄성이 절로 나왔다. 시기리야에서 차로 한 시간을 달리면 담불라 황금 사원에 닿는다. 맨발로 황금 사원의 뜨거운 계단들을 수없이 올라갔다. 동굴 속마다 마치 둔황의 막고굴을 떠올리게 하는 거대한 불상들이 있었다. 아니 둔황의 불상들과는 그 느낌이 아주 다르다. 2천2백 년 된 스리랑카 최대의 신성한 불교 순례지이기 전에, 내게는 기원전의 자취가 그대로 남아있는 불교 미술의 거대한 보물창고라는 생각이 들었다. 그곳에 앉아 몇 날 며칠이고 거대하고 아름다운 불상들을 바라만 보아도 좋을 것 같았다.

담블라를 뒤로 하고 우리는 스리랑카의 가장 아름다운 도시로 일컫는 '캔디'를 향해 달렸다. 부처님의 송곳니가 모셔진 불치사(스리 달라다 말리가와)를 찾는 사람들로 캔디는 늘 북적였다. 2천 년 된 도시 캔디는 페라헤라 축제를 준비하는 사람들로 술렁거렸다. 해마다 8월이면 작은 도시 캔디는 화려한 불빛으로 반짝이며, 열흘 동안 펼쳐지는 축제 페라헤라로 장관을 이룬다. 전통 무용수들의 춤과 현란하게 장식을 한 코끼리들의 행렬이 눈부시다. 2천 년을 내려온 이들의 긴 축제는 다른 나라의 축제와는 성격이 많이 다르다. 술 마시고 춤을 추며 갑갑한 현실로부터 억눌린 감정을 쏟아내는 남미의 축제와 달리, 축제기간 동안 어느 곳에서도 술을 팔지 않는다. 전통과 종교가 오늘에 그대로 살아 숨 쉬는 이들의 축제는 속세의 자유와 즐김의 축제가 아니라, 진정한 자유를 구하는 해탈을 위한 종교적인 축제다. 윤회로부터 모든 중생을 구한다고 믿는, 일상을 지탱해주는 삶의 에너지가 축제 현장 곳곳에 녹아있다. 스리랑카 사람들은 낯선 사람을 보고도 늘 다정하게 웃는다. 그 얼굴들은 마치 그 옛날 모르는 이가 찾아와도 따뜻한 밥 한끼를 차려주던 우리 할머니 얼굴을 닮았다. 그들의 얼굴에서 나는 우리가 오래전에 잃어버린 어떤 마음들과 조우한다. 캔디 역에 서서 떠나는 기차를 바라본다. 낡은 기차 속에서 사람들은 손을 흔든다. 이렇게 낡고 정겨운 분위기를 느끼게 하는 그리운 기차를 얼마나 오랜만에 보는 것일까? 오래전에 잃어버린 것들과 조우하며, 나는 다시 만난 잃어버린 시간들을 거기에 두고 떠났다.

카프카의 도시, 체코 프라하

카프카, 참 오랜만에 불러보는 이름이다. 그래도 카프카 없이는 체코의 아름다운 수도 프라하를 이야기할 수 없다. 1990년에 떠났던 첫 체코 여행을 잊을 수 없다. 두근거리는 마음을 진정시키며, 체코가 낳은 천재 작가 카프카의 소설 『성』을 실제로 재현해놓은 듯한 프라하 성의 문 안으로 들어섰던 어느 가을밤의 아스라한 기억, 그 저편에 내 서른살 젊음이 소설 속 문지기처럼 외롭게 서 있었다. 문 안으로 들어서자 문이 있고 또 문이 있고 끝없는 문들이 있었던 것 같다. 중세의 어둡고 희미한 불빛 아래 성문 앞을 지키는 키 작은 문지기들은 마치 카프카의 소설 『성』에서 걸어 나온 사람들 같았다.

예술은 그냥 우연히 나오지 않는다는 생각이 들었다. 작가가 태어나 자란 그 나라의 풍경과 환경과 그 시대 인간의 조건들이 자연스럽게 어우러져 위대한 예술을 태동시킨다. 그리스에 가면 니코스 카잔차키스의 『희랍인 조르바』가 실감나듯이. 체코에 자본주의가 막 시작되던 28년 전, 인적 드문 프라하 성을 오르며, 어두운 불빛 아래 일본어로 된 체코 여행책자를 읽으며 걸어 내려오는 여행자를 스쳐 지나갔던 기억이 어제처럼 떠오른다. 그 시절 프라하는 소매치기범 하나 없을 정도로 안전했고, 길을 물으면 데려다줄 정도로 순수하고 친절한 사람들의 도시였다. 지금처럼 수많은 명품 디자인 가게는커녕 기념품 가게도 드물던 고즈넉한 프라하 성을 어찌 잊으랴.

그때의 두근거림을 안고 2000년대 프라하를 다시 찾았을 때는 이미 서구 유럽 다른 도시들과 많이 닮아있었고, 당연한 일이지만 관광객이 너무 많았다. 한 사람을 평생 동안 몇 번을 만난다면 시간대에 따라, 자신의 상황에 따라 다른 느낌을 받을 것이다. 풍경도 그렇고 도시도 그렇다. 많은 사람들이 한 번 가면 잊지 못하는 사랑스러운 도시 프라하여서 그랬다.

10년 전만 해도 길에서 "곤방와" "사요나라" 하던 시대는 지나간 지 오래고, 프라하 공항의 대주주인 대한항공 덕에 공항 어디에나 체코어와 독일어와 한국어가 나란히 씌어있다. 가는 곳마다 한국인이냐고 묻는 기념품 가게들을 지나며 '참 대한민국 대단하다'란 생각을 지울 수 없었다. 천년 된 돌길을 걸으며 온 나라 전체가 세계문화유산이라 해도 과언이 아닌 아름다운 유산을 물려받은 체코 사람들이 한없이 부러웠지만, 이들은 갤럭시 핸드폰과 케이팝과 드라마의 나라 한국이 부러울지도 모른다.

볼타바 강을 끼고 스메타나의 하프 곡 〈나의 조국〉을 들으며 프라하의 위인들이 묻힌 공동묘지 비셰흐라드를 찾는다. 이 삶이 어디까지인지 가보자는, 그래서 짧고 강렬한 삶은 뒤에 두고 자꾸만 길고 가느다란 삶 쪽으로 기울어지는 게 늙어가는 게 아니겠냐고, 프라하의 고색창연한 돌무덤들이 묻는다. 시내로 돌아와 1968년 민주화를 요구하는 프라하 시민들의 물결로 가득찼던 바츨라프 광장에 선다. 문득 쥘리에트 비노슈가 그 청순한 연기로 보는 이의 마음을 사로잡았던 영화 〈프라하의 봄〉이 떠오른다. 빨간 줄을 그으며 읽었던 그 영화의 원작 밀란 쿤데라의 『참을 수 없는 존재의 가벼움』도 벅차게 떠올랐다.

다음 날은 시인 권대웅이 보내준 지도를 보며 카프카가 매일 산책하던 길을 따라 걸었다. 프라하는 밑도 끝도 없는 꿈을 꾸게 하는 태몽의 도시다. 꿈속에선 어김없이 카프카를 만났다. 꿈속의 카프카가 내게 말했다. "선물을 하나 주겠네. 자네에게 노벨문학상을 타게 해주지. 그러고 나면 그대는 절대 그림을 그릴 수 없네." 나는 하루만 시간을 주십사 했다. 전날 카프카 박물관을 다녀온 탓인가 보았다. 다음 날은 낯선 곳에서 간첩으로 몰리는 꿈을 꾸다가 새벽에 깼다. 너무 억울해서 서툰 외국어로 아무리 아니라고 설명해도 다른 사람들과 소통이 되지 않았다. 카프카 체험을 제대로 한 기분이었다. 빈둥빈둥 체코 맥주를 마시며 몇 날 며칠 책이나 읽었으면 싶던 프라하의 가을을 뒤로하고, 동화 속 세상 같은 체스키 크롬로프로 떠난다. 높은 곳에 올라가 그 수 없는 붉은 지붕들만 바라보고 있어도 행복한 체스키의 구도시에서도 한 사나흘 빈둥대며 책이나 읽고 싶었지만, '언젠가'로 미루며 모라비아 지방으로 떠났다.

모라비아의 수도였던 올로모우츠에도 레드니체, 발티체에도 미쿨로프에도, 개인적으로 가장 맘에 들었던 중세 도시 텔츠에도 가을은 한창이어서 내 맘도 함께 불탔다. 세월이 멈춘 도시, 텔츠에서는 발길이 떨어지지 않았다. 가을 평원을 달리며 시골길에서 내려 결혼식을 구경하기도 했다. 모르는 사람의 결혼식은 늘 아름답다. 프라하로 돌아와 구시가를 어슬렁거리며 언제 다시 올까 생각한다. 피치 못해 헤어졌던 그리운 연인과 짧은 순간 재회하고, 또다시 헤어지는 기분이다. 마음속에서 참을 수 없는 존재의 가벼움과 무거움이 서로 옳다고 싸우는 소리가 들린다. 프라하를 떠나며 나는 그게 같은 소리라는 걸 알았다.

이스탄불, 순수박물관에 가다

사람도 그러하듯 유독 인연이 있는 도시가 있다. 내게는 터키의 이스탄불이 그랬다. 맨 처음 이스탄불에 간 것은 2001년 봄이었다. 그 시절 나는 뉴욕 맨해튼 한인타운에서 김치를 잔뜩 사서 비닐봉지에 담을 수 있는 만큼 가득 담아 커다란 가방 속에 넣은 뒤, 뉴욕발 이스탄불 비행기를 탔다. 남편을 따라 이스탄불에서 살고 있던 사촌언니를 만나러 가는 길이었다. "뭘 사다줄까?" 하는 물음에 언니는 김치를 가지고 올 수 있는 한 많이 가져오라 했다.

어릴 적부터 가까웠던 언니와 함께했던 이스탄불의 봄은 아름다웠다. 그때 이스탄불은 내게 웅장하고 아름다운 궁전들과 신비롭고 그로테스크한 공간이 꿈처럼 펼쳐지는 지하궁전과 수없이 많은 붉은 지붕들, 보스포러스 해협의 탁 트인 푸른 물결로 남았다. 그 뒤로 두어 번 더 갔었고, 몇 년 전에는 실크로드 탐사기획의 일환으로 다시 이스탄불에 갔었다.

그때 가본 이스탄불의 좁은 골목길들이 잊히지 않는다. 1445년에 세워진 대중목욕탕이 6백 년 가까이 뜨거운 온기를 뿜어대고 있는 이스탄불의 추크르주마 골목에 가면, 소설『내 이름은 빨강』의 저자 '오르한 파묵' 이 만든 '순수박물관'이 있다. 어릴 적 살던 좁은 골목길 옛집을 사들여 오르한 파묵은 그가 쓴 소설『순수 박물관』을 현실로 재현해 놓았다. 소설 속 주인공인 한 남자와 여자, 그들과 관련된 상상 속의 물건들을 고물장수나 벼룩시장 등에서 사서 수집하여 수많은 물건들로 가득 채운 그곳은 상상 박물관이며, 손으로 만질 수 있는 사랑 박물관이다. 파묵은 독자가 직접 거닐면서 추억 속의 물건들을 볼 수 있는, 상상과 현실의 경계를 허문 새로운 문학의 가능성을 입증했다. 이 소설 속에는 행복이라는 단어가 264번 나온다. 마지막은 "나는 아주 행복한 삶을 살았다"는 주인공 케말의 고백으로 끝난다.

어쩌면 우리의 사랑도 다 상상이 아니었을까? 박물관 1층에 올라서면 "그때가 내 인생에서 가장 행복한 순간이었다는 것을 몰랐다"는 소설의 첫 문장이 한쪽 벽에 적혀있다. 문학이 현실로 재창조된 신비하고 독특한 이 공간에서 우리는 자신의 지나간 삶과 사랑들을 기억하지 않을 수 없다. 소설 속 여주인공 퓌순이 입었던 원피스와 숟가락과 귀걸이와 립스틱, 케말이 수집한 퓌순이 피운 4,212개의 담배꽁초들은 개별 꽁초마다 피운 시간이 기록되어있다. 퓌순이 핀 첫 번째 꽁초에는 1976년 10월 23일, 그녀가 죽기 전에 피운 마지막 꽁초에는 1984년 8월 26일이라고 적혀있다.

주인공 케말은 사랑의 고통을 견디는 유일한 방법은 사랑했던 그녀가 남긴 물건을 소유하는 것이라고 말한다. 3층짜리 목조 박물관 안은 소설 속 여주인공의 영혼이 묻어있는 물건들로 가득 차 있다. 소설을 쓴 작가이자 소설의 내용 그대로 박물관을 만든 오르한 파묵은 '사랑은 행복한 질병'이라 말했다. 사랑과 박물관은 추억을 간직한다는 점에서 관계가 깊다. 그 인상적인 작은 박물관을 돌아보며 언젠가 나도 오르한 파묵처럼 박물관을 만들고 싶다는 생각을 했다. 우리의 지나간 삶과 사랑에 관한 모든 것을 그곳에 펼쳐놓으리라. 삐걱거리는 낡은 계단, 그곳에서 나누었을 서툰 첫 키스, 오랜 세월 뒤 다시 만난 사람에게 느낀 실망감도 빠져서는 안 될 목록이다. 오르한 파묵이 빠트린 건 사랑의 유효기간이다. 사랑은 변하고 시간은 흘러가도 주고받은 손편지들과 사소한 사물의 흔적들은 끈질기게 영원히 남아있다.

사랑박물관에서 음악을 빼면 안 될 것 같다. 내가 박물관을 만든다면 산울림의 노래 〈창문 너머 어렴풋이 옛 생각이 나겠지요〉를 배경음악으로 틀어놓으리라. "커피 한 잔을 시켜놓고, 그대 오기를 기다려 봐도" 펄 시스터즈가 부르던 그 노래도 박물관의 한구석을 차지하고도 남으리라. 지나간 사랑의 배경에 늘 잔잔히 흐르던 그 노래들을 기억한다. '이루어질 수 없는 사랑' '너무 아픈 사랑은 사랑이 아니었음을' 맞고말고. 그런 거지 같은 사랑은 요즘도 트럭에 '오래된 모든 물건 다 삽니다' 하고 붙여놓은 고물상 아저씨한테나 줘버려라 싶다. 하지만 아무리 이혼을 밥 먹듯이 하고, 아프면 버리고 변심하면 애인을 죽이는 사건이 난무하는 요즘에도, 라디오를 듣다가 들은 이런 사랑의 사연에 문득 기분이 좋아진다. "세

두 사람two people │ 왼쪽 130×43cm, 오른쪽 125×37cm │ 2018

상에서 가장 친한 내 친구, 남편의 생일을 축하합니다."

내가 만든 사랑박물관엔 흔할 것 같은데도 귀한 이런 사랑도 전시하리라. 터키 이스탄불에 간다면 어슬렁거리며 골목길 여행을 하라고 권하고 싶다. 당신의 잃어버린 시간을 만나러 순수박물관에 들려보라고.

호주 아웃백, 울루루를 향하여

문명과 원시가 공존하는 호주 중앙사막에서 지낸 날들은 신비롭고 강렬한 기억을 남겼다. 서울에서 비행기를 타고 시드니로, 시드니에서 하룻밤을 묵은 뒤 다시 비행기를 세 시간 타고 엘리스 스프링스에서 내렸다. 엘리스 스프링스는 세계의 배꼽이라 불리는 울루루를 여행하는 거점도시다. 그곳에서 자동차를 타고 대여섯 시간 들어가면 아웃백 호주, 원시와 문명이 공존하는 묘한 세상에 떨어진다. 곳곳에서 호주 원주민인 애버리지널들을 만날 수 있다. 그들의 눈을 똑바로 바라보면 안 된다고 원주민 문화센터 교사가 알려주었다.

호주 원주민 예술가들과 함께 그림을 그리는 프로젝트를 위해 주변 사막 도시인 테넌트크리크에 짐을 푼 우리는 일주일 동안 사막 구경만 하며 작품을 했다. 사막에 작품의 재료들이 널려있었다. 우리 돌과는 완전히 다른 모양과 색깔과 질감을 지닌, 호주 사막 어디에나 널려있는 돌들은 바라만 봐도 행복했다. 하지만 가져갈 수 없기에 소유란 무엇인가를 생각하게 되었다. 끝없는 황무지에 마치 무덤의 비석처럼 자연스러운 간격을 이루며 늘어선 돌들의 풍경, 그리고 시내라고 해봤자 중심가 오른편과 왼편에 있는 커다란 주유소와 중국 음식점 하나와 푸드마켓과 별의별 물건을 다 파는 약국이 하나 있을 뿐이었다. 약국이 있는 그 허름한 길 위에 원주민 노인들이 마치 원시조각처럼 앉아있었다. 그냥 삼삼오오 흙길에 주저앉아 밥을 먹기도 하고 낮잠을 자기도 했다.

놀라운 건 이런 풍경과 어울리지 않게 약국이나 마트에서 파는 물건들은 호주가 얼마나 문명국인지를 유감없이 보여준다. 약국에는 화학약품이 아닌 천연재료로 만들어진 다양한 영양제들과 수면유도제와 진통제들, 마트에는 유기농 치즈와 꿀과 과일과 고기와 채소 들이 넘쳐났다.

유럽에서 온 호주 이민자들에 의한 정부시책으로 1945년부터 56년까지 원주민 부모들과 아이들을 격리시켰고, 영어를 가르쳐 성경을 읽게 했다. 문명의 이름으로 많은 원주민 아이들은 제 부모가 누군지도 모르는 채 자랐다. 이후 오랜 세월이 지난 뒤 원주민 부모와 자식을 찾아주는 운동이 일어났고, 호주 정부는 그들이 빼앗았던 땅을 원주민에게 돌려주기 시작했다.

돌려받은 황무지 땅에서 원주민들은 캥거루를 사냥해서 먹고 산다. 주말에 우리는 원주민 농장에 초대받아 식사를 대접받았다. 점심 때 원주민 농장에 도착하니, 우리를 위해 원주민 아저씨가 사냥한 캥거루 두 마리가 피를 낭자하게 흘리며 모랫바닥에 누워있었다. 가엾게도 어미 품속의 새끼는 꿈틀대다가 서서히 숨이 멎었다. 그런 슬픈 풍경에 항상 새끼를 뱃

속에 품고 다니는 모성 가득한 캥거루의 이미지는 무참히 깨져버렸다. 한국인이 소꼬리 찜을 좋아하듯 호주 사람들은 캥거루 고기 중 꼬리 부분을 좋아한다고 했다. 운동량이 많아 쫄깃쫄깃한 게 맛있기 때문이다.

캥거루가 다 익을 때까지 꼬리 부분을 거꾸로 들어 불 속에 넣었다 뺐다 하면서 그을린다. 어미 캥거루 주머니 속에 새끼 캥거루도 같이 그을려지고 있었다. 아무래도 캥거루 고기를 맛있게 먹을 수는 없을 것 같았다. 호주를 개척하러 온 유럽 이주민들로부터 캥거루보다 나을 것 없는 죽음과 억압을 당해 온 사막의 농장 원주민들은 아직도 이렇게 매일 캥거루 사냥을 하고 있었다. 아무런 식욕이 나지 않았는데도, 익어가는 캥거루 고기 냄새가 구수하게 스며들었다. 원주민 아트센터에는 화려한 원주민 예술이 꽃피고 있었고, 정부 정책의 일환으로 적극적으로 장려되고 있었다. 수많은 관광객들이 세계의 중심이라 불리는 울루루로 가는 길에 엘리스 스프링스에 들러 원주민 화가가 그린 그림을 사간다. 어찌 보면 호주는 원주민 예술이 모든 풍경과 일상에 묻어있는 미술의 나라다.

아트센터에서 며칠간의 작업을 마치고 엘리스 스프링스로 가는 길에 거대한 붉은 돌덩어리들이 마치 신의 조각품처럼 놓여있는 '데빌스마블'을 지나갔다. 언제부터 이 거대한 돌덩이들은 거기 있었던 것일까? 돌들마다 원주민들의 전설적인 이야기가 담긴 마법의 돌이었다. 악마의 돌이라 불리는 위대한 기운이 서린 거대한 돌들의 풍경 속을 한참을 헤매자 현기증을 느꼈다. 뜨거운 태양 아래 그 거대한 돌들이 선사시대 공룡처럼 움직인다. 문득 무서운 생각이 들었다.

엘리스 스프링스로 와 숙소에 짐을 풀고 돌아다녀 보니 아름다운 원주민 그림을 파는 화랑들이 즐비하다. 그곳에서 그림들과 공예품들을 구경하다 맥주 한잔 마시는 일도 즐겁다.

엘리스 스프링스 시내를 천천히 돌아다니는 일은 다음 날 아침 '세상의 배꼽'이라 불리는 울루루로 가기 위한 숨 고르기였다. 차를 타고 네댓 시간 달려서 도착한, 하늘에서 딱 떨어진 듯한 거대한 돌덩어리 울루루, 이런 원시적인 장소가 우주 공간을 연상케 하다니, 그저 놀랍다. 배경 하늘을 우러러보면 그 푸른색에 눈이 부시다. 해가 질 때까지 울루루 속으로 걸어 들어가는 일은 누군가의 마음속으로 걸어 들어가는 착각을 일으킨다. 어쩌면 나도 모르는 내 마음속으로는 아니었을까? 석양 무렵의 울루루는 빨갛게 타오른다. 사랑을 하는 순간의 우리들의 심장처럼.

하늘 도시, 뉴멕시코 스카이시티

1980년대 말 처음 미국 서부를 여행했을 때, 광활한 땅을 빼곡하게 메우고 선 거대한 선인장들의 풍경에 깊은 인상을 받았다. 어쩌면 그 이후 선인장을 그리기 시작했던 것도 같다. 대자연 속에 아무렇게나 놓여있는 돌과 바위와 선인장 들은 그 자체로 위대한 설치미술이었다. 여전히 꿈꾸는 나의 여행계획 중 하나는 자동차를 빌려 마음 맞는 친구 서너 명과 함께 뉴욕에서 뉴멕시코까지 대륙횡단하기다. 미국 여행이 가진 매력은 그 거대한 자연의 카리스마에 뜨겁게 안겨보는 것이다. 미국에 살면서 여행한 수많은 미국 서부의 도시들 가운데 가장 인상에 남는 곳은 뉴멕시코주의 도시들이다.

　1991년 봄, 가까운 화가들과 함께 1백 년의 삶을 그곳에서 마감한 여류화가 '조지아 오키프'의 도시 산타페를 향해 떠났다. 산타페의 자연과 기운을 화폭에 쏟아 넣으며 자유롭고 평화로운 노년을 보냈던 조지아 오키프는 그 시절 내 삶의 멘토였다. 가슴을 두근거리며 그녀의 흔적을 찾아다녔던 기억이 새롭다. 오키프의 그림 속에 나오는 죽은 동물의 뼈가 마치 작품 속인양 놓여있던 사막의 석양이 떠오른다. 예술적 열정이 넘치는 매력적인 도시 산타페에서 며칠 지나지 않아 우리 일행은 심하게 다투었다. 지금 생각하니 왜 싸웠는지도 모르겠다. 그저 눈에 밟히는 산타페의 정경들만 기억에 남는다.

그 뒤로 나는 가까웠던 미국 친구가 앨버커키로 직장을 옮기는 바람에 친구도 볼 겸 여행도 할 겸 뉴멕시코에 두 번 더 갔다. 가면 갈수록 뉴멕시코는 신비로운 곳이었다. 미국의 광활한 서부, 그중에서도 뉴멕시코는 스페인 문화에 인디언들의 삶이 녹아있는 독특한 문명이 정착한 곳이었다. 그곳에 처음 갔을 때는 그랜드캐니언에서 시작해서 애리조나를 거쳐 뉴멕시코로 들어갔다. 화이트샌즈의 끝없이 펼쳐진 하얀 모래사막과 색색으로 얼룩진 믿을 수 없을 정도로 신비롭고 아름다운 '페인티드 데저트'의 풍경들을 만끽한 뒤 뉴멕시코로 들어서면, 자연의 아름다움에 문명의 아름다움이 더해진다.

미국 뉴올리언스가 음악의 도시라면 미술의 도시인 산타페에는 독특한 인디언 그림들과 공예품들을 파는 갤러리들이 즐비하게 늘어서있다. 작지만 조용하고 아기자기한 매력을 지닌 타오스 마을을 둘러보는 것도 빼놓을 수 없는 기쁨이다. 유독 자존심이 강한 인디언들은 직접 손으로 그린 그림이나 공예품들의 가격을 깎아주지 않는다. 남미나 동남아에서 하듯 값을 깎으려 했다가는 낭패를 보기 일쑤다. 한국전쟁에 참전했던 나바호 인디언이 약 1만 명이나 되고, 그중 살아있는 2백여 명은 모두 아흔

그대 안의 풍경 scene within you │ 8×13cm │ 2017

이 넘었다고 한다. 우리와 얼굴이 비슷한 인디언들을 보며 낯선 사람들이 아닐지도 모른다는 생각이 들었다.

뉴멕시코를 두 번째 여행했을 때는 미국인 친구의 안내를 받아 가보지 못한 곳까지 속속들이 가보았다. 친구가 살던 도시 앨버커키의 구석구석을 구경하다가 오리엔탈 음식점에 들어갔던 생각이 난다. 친구는 그 시절에 이미 채식주의자라 고기를 먹지 않았고, 우리는 두부요리와 샐러드를 시켜 먹었다. 음식점 주인처럼 보이는 사람이 중년의 한국 여인이 신기하다는 얼굴을 하곤 어디서 왔는지 물었다. 그때만 해도 뉴멕시코에서 한국인을 만나기는 어려웠다. 뉴욕에 가보는 게 꿈이라던, 나이 마흔은 넘었을 듯한 그녀는 미군과 결혼해 이곳으로 와 20년째 살고 있다고 했다.

그녀가 꼭 가보라고 추천한 곳이 앨버커키에서 한 시간 반 정도 운전하고 가서 만났던, 아코마 푸에블로 인디언 거주지인 '스카이시티'다. 거대한 절벽을 깎아질러 만든 스카이시티에 도착하면 달 표면에 착륙한 기분이 든다. 절벽 꼭대기에 천국처럼 있는 하얗고 파란 마을. 그 시절에도 젊은이들은 모두 도시로 떠나고 주로 노인들만 남아있었다. 사다리를 타고 올라가도록 만든, 진흙으로 된 집들의 풍경이 꿈속 같다. 어도비 형식이라 불리는 독특한 건축물들의 배경은 시리도록 푸른 하늘이다. 스페인 식민지 시절의 성당과 공동묘지, 아코마 푸에블로 인디언들만의 독특한 수공업 문화가 공존하는 도시, 모계사회인 그곳은 원래 일부일처제의 사회이며 이혼은 거의 하지 않는다고 했다.

아름답고 낯선 화성에 도착한 듯한 스카이시티에서 친구는 내게 농담처럼, 결혼해서 아이를 다섯쯤 낳고 평화로운 이곳에서 같이 살자고 했다. 지금 생각하니 그래도 나쁘지 않을 걸 그랬다. 하지만 산다는 게 아무것도 아니라는 걸 그때는 몰랐다. 올라갈 때는 셔틀버스를 탄 것 같기도 한데, 내려올 때는 일부러 절벽을 기어 내려온 기억이 난다. 무섭고 아슬아슬했던 기억이 엊그제 같은데, 생각해보니 먼먼 옛이야기다. 지금도 눈에 밟히는 스카이시티의 풍경은 다시는 돌아갈 수 없는 내 젊은 날을 떠올리게 한다. 꿈속을 찾아가듯 다시 그곳에 가고 싶다.

사라예보의 봄

발칸반도, 그중에서도 보스니아의 수도 사라예보는 10년 전만 해도 낯선 곳이었다. 1990년 초 소련이 붕괴하면서 유고 연방이 해체되었고, 그 과정에서 1992년 4월 보스니아 내전이 발발했다. TV를 통해 안타까운 마음으로 비극적인 소식을 접했던 나는, 1995년 처참했던 전쟁이 끝난 10년 뒤인 2006년에 드디어 발칸 여행을 떠났다.

루마니아, 불가리아, 세르비아, 크로아티아, 보스니아, 슬로베니아 등 이름만 들어도 아름다운 나라들을 두루 돌아보고 돌아온 뒤, 한동안 내전의 상처로 얼룩진 보스니아의 수도 사라예보의 풍경이 눈에 밟혔다. 10년 전 전쟁의 기억에 관해 젊은이들에게 물으면, 그들은 밝은 얼굴로 답했다. 학교에서 수업 중에 폭격 소리가 들리면 숨어있다가 집으로 돌아갔다고.

2010년 다시 가본 사라예보는 여전히 아름다웠다. 아름다운 우리나라 꽃들을 뒤로한 채 남의 나라 꽃들을 구경하는 게 아쉽기도 했지만, 세상 어디에나 봄은 왔고 꽃들은 다투어 피었다. 유럽 문화와 이슬람 문화가 어우러져 독특한 분위기를 자아내는 매력적인 도시 사라예보는 전에 갔을 때

보다 밝아 보였다. 진짜 세월이 약이었을까? 가족을 잃은 사람들이 대부분인 슬픈 도시 사라예보에도 봄이 와서 온 세상이 울긋불긋했다. 가운데 내륙 평지를 뺑 둘러싼 산들 위에 조그만 집들이 빼곡한, 동화처럼 아름다운 도시 사라예보는 마치 우리 동요 〈고향의 봄〉을 생각나게 했다.

중앙시장이라는 뜻의 '바슈카르지아'는 상점들과 카페들이 모인 매력적인 골목들로 이어졌다. 지금은 평화롭기 짝이 없는 골목들을 천천히 거닐며 산 위에서 쏘아대는 총소리를 들었다. 산꼭대기로 둘러싸인 분지 스타일의 특이한 지형 탓에 일거수일투족 적에게 그대로 노출될 수밖에 없었다. 전쟁 당시 사람들은 땅굴을 파서 그곳에 드나들었고, 음식과 물을 들여왔다고 한다. 산 위를 모두 점령한 세르비아 무장 군인들은 꼼짝없이 포위된 산 아래 평지에 사는 민간인 이슬람교도를 향해 허구한 날 총을 쏘아댔다고 한다. 4년 동안 쌓인 내전의 상처가 겉으로는 다 아문 듯 보였지만 그럴 리 없었다. 60여 년이 흘렀지만 아직도 여기저기 고름이 흐르는 한국전쟁의 상처도 불현듯 생생했다.

보스니아 내전이 끝난 지 15년째였다. 내전 중 '인종청소'라는 명목으로 세르비아 군인들에게 집단 강간을 당했던 수많은 보스니아 이슬람계 여인들은 집단 수용되어 원치도 않는 아이를 낳았다. 출생의 비밀을 모른 채 자라기도 했을 그 아이들 또한 이제는 스무 살이 넘는 젊은이가 되었다. 보스니아의 젊은 여성 감독 '야스밀라 즈바니치'의 영화 〈그르바비차〉가 생각난다. '그르바비차'는 사라예보의 한 작은 마을 이름이다. 이 영화는 보스니아 내전이 남긴 참혹한 상흔들과 그 흔적을 이겨내려는 아름다운 사람들의 마음을 잔잔하게 그려내었다. 깨진 유리창들과 폐허가 된 건물들이 10년이 넘도록 방치된 채 남아있던 폐허의 풍경들이 떠오른다.

여주인공 에스마는 보스니아 내전 당시 세르비아계 무장 군인들에게 윤간을 당해 딸 사라를 낳는다. 힘든 일상을 견디며 오직 딸 사라를 위해 살아가는, 딸에 대한 어머니의 애증이 교차하는 장면들이 가슴 찡했다. 열두 살이 된 딸 사라는 얼굴도 한 번 본 적 없는 아버지가 전사한 전쟁영웅이라고 믿고 있다. 전사자 가족에게는 수학여행비가 면제된다며 아버지의 전사 증명서를 달라고 떼를 쓰는 딸을 향해 어머니는 끔찍한 비밀을 이야기해버린다.

출생의 어두운 비밀을 알아버린 사춘기 소녀가 과연 그 끔찍한 현실을 극복할 수 있을지 생각만 해도 마음이 무거웠다. 만일 내가 저 영화 속의 엄마라면, 동시에 딸이라면 하는 생각들이 꼬리를 물었다. 영화는 시대가 만든 비극 속 여성의 아픔을 그려내면서, 동시에 강간 당한 2만여 명의 보스니아 여성들과 목숨을 잃은 10만여 명의 보스니아인들의 기억을 일깨운다. 영화 〈그르바비차〉는 엄마와 딸이 서로를 이해하며 그 고통을 함께 헤쳐나가는 가장 가까운 존재임을 암시하면서 끝이 난다.

문득 쓸쓸한 사라예보의 아름다운 구시가지 풍경이 눈에 선하다. 보스니아 내전은 여전히 불씨가 사그라들지 않았지만, 우리에게는 이미 잊힌 전쟁이다. 세상에는 매일 다른 전쟁이 일어나고, 오늘도 극단적 이슬람

무장단체인 IS의 폭력이 온 세상을 질주하며 국경 없는 전쟁을 일으키고 있다. 그래도 세상 어디에나 흐드러지게 핀 꽃들을 바라보며, 나는 문득 머리에 꽃을 꽂고 반전을 외치며 걸어가는 60년대 히피들의 모습을 떠올렸다. '플라워 칠드런flower children'이라 불리던 그들처럼 나도 머리에 꽃을 꽂고 반전을 외치며 세상의 모든 길들을 걸어가고 싶다.

에스토니아 탈린의 밤하늘

발트 3국은 어릴 적부터 가보고 싶던 나라였다. 이름조차 낯설었던 에스토니아, 리투아니아, 라트비아. 그곳들을 가본 게 벌써 7~8년 전이다. 세월이 이렇게 빠르게 도망가는 걸 우리가 매 순간 느끼며 산다면 아무도 미워하지 않으리라. 발트 3국은 그렇게 인간에 대한 미움을 잊어버리게 하는 곳이다. 그때만 해도 30여 년 전 체코나 폴란드처럼 때가 묻지 않아 순수하고 싱그러운 곳들이었다. 지금은 어떨지 모르겠다. 모든 서유럽이 아니, 요즘은 동유럽도 비슷비슷하듯이 그렇게 변했을라나. 다시 또 가보고 싶은 곳이다.

그중에서도 에스토니아의 탈린이 기억에 남는다. 아마 발트 3국 가운데 가장 처음 밟은 곳이라 그랬는지 모른다. 그곳의 밤하늘이 고흐의 그림 속에서 본 신비로운 푸른색이어서 마치 첫사랑처럼 잊을 수 없었는지도. 발트 3국의 아름다움은 그 유서 깊은 낡은 건축물들과 골목길들에도 있지만, 밤이면 더욱 푸르게 짙어지는 밤하늘에도 있다. 탈린에서 며칠을 머물다 라트비아에 갔을 때도 그 푸른 하늘은 여전했다. 그런 밤하늘을 볼 수 있는 곳은 발트 3국뿐이리라. 세상에 태어나 처음 본 하늘, 러시아나 다른 북유럽 나라들의 여름에 해가 지지 않는 백야와는 전혀 다른 밤하늘이다. 그 푸른 하늘은 푸른 물감을 갓 풀어놓은 바닷속 같기도 하다.

어릴 적 읽었던 세계동화전집 속의 기억을 불러내는 꿈같이 아름다운 나라들, 그곳이 발트 3국이다. 좁은 골목길들을 하나하나 돌 때마다 마음이 설레는 곳, 지금도 그러려나. 동유럽 여행길이 열리자마자 간, 눈물 나게 아름다운 도시 체코의 프라하, 폴란드의 크라쿠프처럼 다시 가면 실망하지 않으려나. 그 고즈넉했던 골목길들이 관광객들의 수많은 발걸음과 자본주의 전광판들로 몸살을 앓지는 않으려나. 마치 옛사랑을 만나러 가는 사람처럼 발트 3국을 다시 가보고 싶은 마음은 설레면서 머뭇거린다.

에스토니아 탈린의 구시가지 산책은 하루종일 즐거웠다. 중세의 분위기를 그대로 간직한 환한 거리 풍경의 겉모습과는 달리 발트 3국의 아름다운 도시들은 8백여 년 동안 일시적으로 잠시 독립했던 시간 외에는 늘 외세의 침략을 받으며 살아온 슬픈 역사를 지니고 있다. 1991년 8월 소련에서 독립할 때까지 주변국들의 끊임없는 정벌 전쟁에도 불구하고 발트 3국의 도시들은 운 좋게도 부서지지 않고 그대로 보존되어, 1997년 구시가지들 모두가 유네스코 문화유산으로 지정되어 엄청난 관광자산이 되고 있다. 게다가 세 나라 다 오랜 식민지 시절에도 불구하고 자신들만의 고유 언어를 간직하고 있다는 게 경이로웠다. 탈린의 구시가지 밤거리에서 거리의 연주자들이 연주하는 음악 소리를 들으며 노천카페에 앉아 밤하늘을 올려다보며 맥주 한잔하는 기분은 행복했다.

발트 3국을 아름답게 기억하는 일 가운데 하나는 웬만한 호텔마다 있는 옥상 카페에 올라가 도시의 밤을 조망하는 일이다. 물감을 풀어놓은 듯 푸른 밤하늘과 작은 도시의 불빛들이 어우러져 잊지 못할 아름다운 풍경을 선물한다. 거리에서 그곳의 명품 먹을거리인 땅콩을 파는 아가씨에게 한국에서 왔다고 하니 한국드라마 광팬이라며 반가워했다. 온 세상 사람들이 한국드라마에 열광하는 걸 보면 내 나라가 자랑스러워진다. 드라마가 없으면 무슨 재미로 사느냐는 우리 어머니만 보아도 드라마의 힘은 참 대단하다.

그때만 해도 한국인이 거의 없던 그곳에서 우리 일행을 안내해준 분은 때 묻지 않은 착한 마음씨를 지닌 한국인 선교사분이었다. 그 시절 에스토니아에 사는 한국인이 모두 여섯 명인데, 그중 다섯이 자기 가족이라고 했다. 에스토니아 사람들은 친절하고 순수해서 같이 지내는 일이 어렵지 않다고도 했다. 그렇게 아름답고, 그렇게 낯선 나라에서 마치 우주선에서 뚝 떨어진 어린 왕자처럼 사는 그의 가족이 부럽기도 하고 외롭게도 느껴졌다.

옆 나라 리투아니아로 가면 5만 개 이상의 십자가가 가득한 샤울라이 십자가 언덕을 볼 수 있다. 1989년 리투아니아의 수도 빌뉴스에서 라트비아의 리가를 거쳐 에스토니아의 탈린에 이르기까지, 소련의 무력진압에 맞서기 위해 620킬로미터의 거리를 2백여만 명의 사람들이 손에 손을 잡고 인간 띠를 만들어 세계만방에 독립의 의지를 보여준 용기는 기독교 정신으로 똘똘 뭉친 쾌거였다. 유럽에서 마지막으로 기독교를 받아들인 발트인들은 유럽의 어느 지역보다 깊은 신앙의 흔적을 남겼다. 소련에 손 잡고 항거했던 이 작은 나라들이 싸우지 않고 평화롭게 공존하는 모습은 종교의 참된 힘을 보여준다. 아름다운 작은 언덕에 빼곡한 십자가들을 보며 숙연해진다.

크라쿠프, 구도시의 추억

동유럽 여행길이 처음 열린 지 얼마 지나지 않아, 뉴욕에서 맞은 서른다섯 해의 생일을 자축하며 나는 그곳으로 여행을 떠났다. 그때만 해도 많지 않던 미국이나 서유럽 여행객들 가운데에는 동유럽이 고향인 사람들이 많았다. 여행은 기억이다. 그 기억이 1백 퍼센트 현실이었는지는 분명치 않다. 여행자의 감정 상태에 따라 여행길에서 부딪쳤던 사람들의 기억에 따라 다르게 채색되는 여행의 기억 가운데 내 첫 번째 폴란드 여행은 고즈넉한 잿빛이다. 특히 중세 분위기가 그대로 남아있던 폴란드 크라쿠프의 세상 그 어느 곳과도 구별되는 고즈넉함이 며칠 전 영화 〈쉰들러 리스트〉를 다시 보며 새삼 떠올랐다. 그 잿빛의 기억은 두 번째 갔을 때도, 세 번째 갔을 때도 다시는 경험할 수 없었던 유서 깊은 색깔의 기억이었다.

두 번째 여행은 서른 살에 만났던 사람을 50살이나 60살에 다시 만난 것과도 비슷한 느낌이었다. 신기하게도 전쟁을 겪고도 중세 모습을 그대로 간직하고 있는 그 유서 깊은 도시의 기억 중 구시가의 한가운데 고풍스런 모습으로 서 있던 동유럽 최고의 대학 야기엘론스키 대학이 기억난다. 동굴처럼 안온하고 유서 깊은 지하 카페들의 기억도 생생하다. 만지면 예술적 감성이 손으로 묻어날 것만 같은, 오직 거기서만 살 수 있었던 길가 갤러리의 포스터들을 헐값에 무더기로 샀던 기억도 난다.

가난한 상황이라 종이는 얇았지만 닫혀있던 시절의 시간을 담은 내용은 깊고 암울하고 고독했다. 마치 내 서른다섯 살의 고독처럼 찬란했던 잿빛 고독의 도시에서 나는 가는 곳마다 쇼팽을 들으며 커다란 잔에 가득 채워주는 커피를 마셨다. 이름 없는 악사들이 연주하는 쇼팽은 더 실감이 났다. 조미료 같은 유명세와 기교가 들어있지 않은 서툰 악수 같은 소리, 그 소리의 기억이 아직도 그립게 남아있다. 지구상의 수많은 방 중에서도 고색창연한 프라하 같은 곳과는 아주 다른 고즈넉한 침묵으로 조용히 빛나던 크라쿠프에서 고독을 즐겼다.

고독이 사랑보다 아름다웠던 서른다섯 살의 가을, 여행길에 동양인은 거의 보이지 않았고, 미국이나 서유럽에서 여행을 온 사람들 가운데 폴란드에서 살았던 유대인들이 많았다. 영화 속에서만 보았던 아우슈비츠 수용소에 갔을 때, 수용소에서 부모님이 돌아가셨다는 유대인 할머니 자매는 안으로 들어가지 않고 밖에서 기다리겠다고 했다. 고향은 그립지만 아우슈비츠의 그 아픈 기억을 돌아보고 싶지 않았을 것이다. 아우슈비츠 수용소를 함께 둘러본 사람들 가운데 은퇴 여행을 온 미국인들이 다수 있었는데, 그중 많은 수가 한국전쟁 참전 용사라는 사실에 깜짝 놀랐다. 그때가 24년 전이니 이미 돌아가신 분들도 많을 것 같다.

『소피의 선택』〈쉰들러 리스트〉〈피아니스트〉 등의 명작으로 기억 속에 깊이 각인된 아우슈비츠 수용소의 가을 햇빛은 오래전 그곳에서 무슨 일이 있었냐는 듯 평화로웠다. 수용소 창문 가득 퍼지던 잊을 수 없는 햇살, 나는 문득 그곳에서의 한때를 기억하며 신영복 선생의 이런 말을 떠올린다. "내가 자살하지 않은 것은 햇빛 때문이었다."

일을 하면 자유로워진다는 팻말이 적힌 수용소 안으로 들어서면 정연하게 늘어선 건물들과 가을바람에 흔들리는 가로수의 정경이 관광객들을 맞는다. 제2차 세계대전이 끝난 뒤 철의 장막에 가려져 오랜 세월 갈 수 없었던 곳이기에 아우슈비츠 방문은 더욱 뭉클한 느낌을 주었다. 매일 아침 살아남거나 죽으러 가는 자를 선별당했던 유대인들의 유품을 돌아보던 우리는 모두 침묵했다. 그들이 수용소로 들고 들어왔던 낡은 가방들과, 가득 쌓여있던 안경들이 유난히 기억에 남았다. 그곳으로 들어오자마자 빼앗긴 유대인들의 안경 무덤 속에서 나는 세상에서 가장 무섭고 질긴 '사람의 흔적'에 관한 절대불멸의 시를 보았다. 나의 안경 설치작업은 그 장면을 목격한 데서 시작되었다고 해도 과언이 아니다. 그곳에서 죽어간 안네 프랑크의 일기는 인간이 써내려 간 가장 슬픈 유서 중 하나다.

아마도 2000년 이후 그곳에 가본 사람들의 느낌과 90년대 초에 갔던 사람들의 느낌은 많이 다를 것이다. 하물며 그곳에서 가족을 잃은 사람들의 마음이야 어떠할까? 가스실의 연기로 사라져간 아이들이 남긴 그림들을 바라보며, 서른다섯 생일에 외롭다고 투정하던 내 아픔이 너무 티끌처럼 느껴져 부끄러웠다. 그때도 세상 다른 곳에서는 여전히 전쟁이 일어나고 있었고, 낯선 호텔에서 텔레비전을 켜면 CNN방송에서 유고슬라비아 전쟁의 참혹함을 연일 보도하고 있었다. 또 수없이 세월이 흘렀지만 아직도 지구상의 전쟁은 끝나지 않았고, 우리의 마음속도 그러하다. 다시는 그 고즈넉한 분위기를 느낄 수 없을 크라쿠프 구시가지가 눈에 밟힌다.

욕망이라는 이름의 전차, 뉴올리언스

2000년 친한 친구와 둘이 카리브해로 크루즈 여행을 떠났다. 카리브해의 세인트 마틴, 그랜드케이맨, 바베이도스 같은 신비로운 이름의 섬들과 멕시코의 코수멜섬 그리고 미국 루이지애나주의 매력적인 도시 뉴올리언스가 이정표에 들어있었다. 나는 늘 뉴올리언스에 가보는 게 꿈이었다. 어느 잡지에선가 '테네시 윌리엄스'의 희곡 「욕망이라는 이름의 전차」의 실제 무대인 뉴올리언스엔 진짜 '욕망이라는 이름의 전차'라는 이름의 전차가 시내를 돌고 있다는 기사를 읽은 기억이 났다.

뉴올리언스를 향한 열망을 품고 배에 탄 나는 크루즈 여행이란 돈을 주고 꿈을 사는 것이라는 걸 알았다. 우주선을 닮은 배 안에서의 항해는 지루했지만 다음 종착지는 어떨지 늘 설레었다.

망망대해를 바라보며 책을 읽다가 맥주 한잔 마시고 눈부신 해를 바라보다가 점심 먹고 또 저녁 먹고 삼시 세끼 만찬도 모자라 밤 12시가 되면 각양각색의 음식을 가득 차린 미드나이트 뷔페가 열렸다. 한밤중에 접시마다 음식을 가득 덜어서 먹고 마시는 사람들의 풍경은 꿈속인 듯 현실감이 없었다. 삐쩍 말랐던 16년 전에도 나는 자신이 살이 쪘다고 생각했다. 정말 살이 많이 찐 지금 생각하니 어이가 없다. 그냥 걱정하지 말고 실컷 먹은들 아무 상관 없었는데…… 먹는 것만 그러랴. 세상 모든 일이 어쩌면 그럴지도 모른다.

친구는 뜨개질을 하고 나는 책을 읽다가 너무 심심해져서 배 안에서 열리는 싱글 파티에 가보기로 했다. 그런데 65세 이상만 들어갈 수 있다고 한다. 문 앞에서 한참 웃다가 그냥 왔다. 그때 마흔이 갓 넘었던 우리는 스스로 꽤 나이 들었다고 생각했다. 서양인들은 확실히 싱겁지만 우리보다 훨씬 멋쟁이다. 이 나이에도 한참은 기다려야 싱글파티에 갈 수 있으니 그들은 백세 시대를 예견하고 있었던 걸까? 부어라 마셔라 아귀처럼 먹어대는 사람들을 보며 나는 배고픈 난민들을 떠올렸다. 배에서 내리면 1백 살은 되어있을 것처럼 시간은 느리게 흘러갔고, 드디어 배는 꿈에 그리던 뉴올리언스에 정박했다.

프랑스와 스페인의 오랜 식민지 문화가 그대로 남아있는 곳, 미국과 유럽과 아프리카와 다양한 이민자들의 문명이 뒤섞여 세상 어디에도 없는 독특한 분위기를 자아내는 곳, 뉴올리언스에서는 어둑해진 저녁거리를 걸어야 한다. 유럽식 고풍스러운 건물들로 빼곡한 버번스트리트에 죽 늘어선 카페들 가운데, 가장 근사한 발코니에 올라가 뉴올리언스 맥주인 아비타 한 병을 손에 들고 지나가는 사람들을 내려다본다. 어둑해진 거리에서 루이 암스트롱의 후예들이 트럼펫을 불며 재즈를 연주하던 풍경이 꿈

속처럼 아득하게 떠오른다. 흑인 재즈의 발상지인 뉴올리언스에서 재즈 음악을 듣는 것은 그것만으로도 행복한 일이다. 뭐라 형용할 수 없는 묘한 청각의 도시, 동시에 시각적인 매력이 넘치는 미국이면서도 유럽을 닮은, 그러나 유럽에는 없는 독특한 분위기가 거리 가득 흘러넘친다.

맥주 한 병을 다 마시고 조금쯤 취한 눈으로 내려다보면 사람들이 각양각색의 마스크를 쓰고 지나가는 듯 보인다. 2월이면 '마르디그라'라는 가면무도회 축제가 열리는 곳, 나는 왠지 그 낯설게 아름다운 곳이 언젠가 와본 적이 있는 듯 낯익은 기분이 든다. 가지각색의 가면을 쓴 여자들이 발코니에서 맘에 드는 남자에게 꽃을 던지는 풍경, 그 꽃을 받은 남자와 여자는 그날 밤 사랑에 빠져도 무죄이리라. 그렇게 로맨틱한 상상은 아득히 사라지고, 관광객으로 넘쳐나는 요즘엔 모두 가면을 쓰고 퍼레이드 행렬에 끼어 갖가지 구슬과 인형과 목걸이 등을 던진다. 거리는 온통 사람들이 던진 목걸이들로 몸살을 앓는다.

문득 오래전에 본 영화 〈욕망이라는 이름의 전차〉가 떠오른다. 비비안 리와 말론 브랜도, 칼 말덴의 영상이 떠도는 듯하다. 하긴 살아있는 그 누구의 마음속인들 욕망이라는 이름의 전차 속이 아니랴. 스무 살 시절, 나는 '가면무도회'라는 제목으로 많은 그림을 그렸었다. 뉴올리언스의 어두운 거리에서 재즈를 들으며 문득 그 시절의 내 그림들을 떠올렸다. 그때 이미 스무 살 시절로부터 20여 년이 훌쩍 흐른 뒤였다. 아쉬운 걸음으로 배로 돌아와 밤 12시에 가득 차린 뷔페 음식을 먹는데, 중국인 웨이터가 김대중 대통령이 노벨평화상을 받았다고 알려주던 기억이 생생하다. 그때부터 또 18년이 흘러갔다. 2005년 초대형 허리케인 카트리나가 덮쳐 큰 수해를 입은 뉴올리언스를 텔레비전으로 지켜보며 그 아름다운 도시가 폐허가 되는 모습에 안타까웠던 기억도 지나고, 지금은 놀랄 정도로 복구가 되었다고 한다.

다시 그곳에 가고 싶다. 크루즈 안의 싱글 파티에 가기엔 아직도 젊은, 지금 가면 또 아주 다른 느낌이리라.

아버지에서 아들에게로, 볼리비아 포토시

모든 나라가 다 제각기 아름답지만 개인적으로 나는 남미와 아프리카 대륙을 좋아한다. 그곳의 도시 풍경들은 수공업으로 이루어진 것 같은, 세상에 하나밖에 없는 정교한 예술품들 같다. 가난하지만 마음의 풍요로움이 서린 남미, 그중에서도 꿈에도 잊히지 않는 도시 하나를 고르라 하면 나는 볼리비아의 전설적인 광산 도시 '포토시'를 들겠다.

　포토시에 가기 전에 그 유명한 볼리비아의 우유니 사막에 먼저 가야 한다. 비가 오면 표면이 마치 거대한 거울처럼 변해 어디가 하늘이고 어디가 땅인지 구분하지 못하게 되는 장관을 연출하는 곳, 그곳에서 비를 만나지 못한 건 유감이었다. 텔레비전에서 몇 번을 보았던 때문인지 꿈 같은 우유니 사막은 내게 무척 비현실적인 기분을 자아냈다. 마치 오래전본 영화 〈토탈리콜〉에서처럼 뇌 속에 여행의 기억을 심어놓은 환상여행 같은 기분도 들었다. 남한의 10분의 1인 충청남도 넓이에 해당한다는 광대한 우유니 소금사막은 가도 가도 끝이 없었다. 우유니 소금사막의 육각형 무늬의 소금 결정체들을 보자 언젠가 오래전에 본 다큐 영화 〈티베트

의 소금장수〉가 생각났다. 티베트 여행 덕에 다른 일행에 비해 볼리비아
의 고도는 견딜 만했다. 내 몸에 티베트 고도의 기억이 녹아있었나 보다.

소금호수에 하늘의 구름이 비치면 마치 큰 거울처럼 하늘 풍경을 담아낸
다. 멀리 산들이 섬처럼 보이고, 까마득한 사방이 모두 천연 소금들이다. 밤
이 되면 소금사막에서 별을 보기 위해 사람들이 침낭을 가져와 깔거나 덮고
누워 밤하늘의 무수한 별들을 바라본다. 우유니 사막에서 영원히 산다면
어떤 기분일까? 도시에서 태어나 살아온 사람들은 이내 끝없는 소금사막
에서 벗어나 도시를 그리워할 것이다.

전설적인 탄광도시 포토시와 볼리비아의 산토리니라 불리는 수크레
와 행정도시 라파스를 향해 떠났다. 그 가운데 포토시는 내게 볼리비아에
서 아니 세상에서 제일 아름다운 도시 중 하나다. 우유니 사막에서 해발
4,090미터의 고산도시 포토시를 향해 자동차로 달리는 네 시간은 정말
잊을 수 없이 아름답고 컬러풀한 풍경들의 연속이었다.

볼리비아 여행을 하는 내내 안내를 해주셨던 선교사님은 고도가 높은
곳에 살면 이가 엉망이 된다고 하시며 틀니를 뽑아 아무것도 없는 자신의
입속을 보여주셨다. 신앙이란 참 힘이 세다. 이가 다 빠져도 그는 신앙의
이름으로 자신만의 길을 가고 있었다. 나는 예술의 이름으로 그 무엇을
할 수 있을까? 이상하게도 예술가들은 특히 화가들은 탄광지대와 사막을
그리길 좋아한다. 삶의 애환이 덕지덕지 묻어있기 때문이리라. 남미에서

가장 가난한 나라 볼리비아는 화가들이 사랑하는 탄광과 사막을 가진 나라다. 수많은 나라의 화가들이 그림을 그리기 위해 볼리비아의 은광도시 포토시를 찾아온다. 마치 우리나라 화가들이 그림을 그리려고 강원도의 정선, 태백, 사북의 탄광을 그리러 찾아오는 것처럼.

　포토시는 1525년 은맥이 발견되면서 1백 년이 넘게 인류역사상 최대 규모의 은광이 있었던 곳이다. 그곳에 정착한 스페인 사람들은 원주민들을 몇 대에 걸쳐 은광의 광부로 부려먹었다. 아메리카 대륙에서 가장 부유한 도시로 명성이 났던 포토시는 무분별한 채굴로 은광이 바닥나면서 급속히 쇠락했다. 쇠락한 광산의 어두운 그림자와는 다르게 포토시는 편안하고 아름다운 중세도시의 고즈넉한 아름다움으로 빛난다. 탄광에서 사고로 목숨을 잃은 수많은 사람들의 희생에도 불구하고 정선과 태백과 사북의 탄광들이 화가에게 끝없이 삶과 노동의 아름다움을 일깨운 것과 달리, 포토시는 고풍스러운 중세도시의 매력을 발산한다. 골목마다 세월의 두께가 묻어있는 신비한 색채감각은 걷는 일만으로도 행복을 느끼게 한다. 그렇게 포토시는 꿈속의 풍경이었다. 한 발자국 내디딜 때마다 가슴이 두근거렸던 골목길들의 추억이 지금 이 순간도 내 가슴을 떨리게 한다. 한때 세계 최대의 은광을 보유한 명성 탓에 고풍스럽고 아름다운 도시의 모습을 간직한 반면 아름다운 골목길 구석구석 서려있는 가난의 그림자를 간과할 수 없다. 아득히 낡아 아름다운 건물들의 기억 뒤편에 포토시의 수많은 광부들은 아직도 광부로 살아가고 있다. 아버지가 쓰러지면 가족을 먹여 살리느라 소년인 아들이 소년 광부가 되어 은광으로 들어가는 악순환이 되풀이되고 있다. 눈으로 보이는 도시는 유서 깊은 고풍스러움으로 빛나지만, 삶에 지친 광부들의 고단함을 유서 깊은 고풍스러운 분위기의 포토시 골목에서는 만날 수 없었다.

평균수명 35세인 소년 광부들이 오늘도 묵묵히 삶의 무게를 감당하며 살아가는 곳, 그곳의 모든 골목이 박물관인 포토시 골목골목을 걸으며 우리나라의 강원도 정선 삼탄아트마인 박물관이 떠올랐다. 폐광을 아름다운 박물관으로 만든 삼탄아트마인의 막장으로 들어가는 지하 철로길에 광부들의 노동에 바치는 꽃들이 곳곳에 놓여있고 영화 〈글루미 선데이〉 속의 암울하고 장엄한 노래가 흘러나왔다. 30년간 세계 150개국을 답사하고 10만 점을 컬렉션하여 삼탄아트마인 박물관을 만든 김민석 대표는 경제난으로 몇 년 전 자살했다. 그곳에 며칠 묵으며 전람회를 열기도 했던 터라 유난히 걱정이 많아 보였던 그의 얼굴이 눈앞에 어른거린다. 그곳에서 송혜교와 송중기가 열연했던 드라마 〈태양의 후예〉를 찍었다고 한다. 탄광으로 들어가는 입구에 씌어있던 '아빠 오늘도 무사히'라는 글귀들이 눈앞에 생생하다. 그 먼 나라 볼리비아에서 우리나라의 탄광 풍경을 떠올리니, 세상은 다 연결된 가슴 아픈 우주인가 보다.

갱내에서는 휘파람을 불지 않는다. 광부 남편 도시락을 쌀 때는 절대로 밥을 네 주걱을 푸지 않는다. '4'라는 숫자가 죽음을 의미하므로. 그렇게 우리의 탄광은 옛이야기가 되었지만, 볼리비아 포토시 소년 광부들은 오늘도 고된 삶을 이어가고 있다. 포토시는 그렇게 나의 기쁜 도시, 하지만 슬픈 도시로 남았다.

미얀마 바간에서 아침을

터키의 카파도키아에서 열기구를 처음 타본 이래 미얀마 바간에서 열기구를 탔다. 카파도키아에서 자연이 만들어낸 기암괴석들을 내려다보며 일출을 바라보는 것도 신비로웠지만, 해가 떠오는 바간의 상공에서 내려다보는 수많은 사원들의 풍경도 잊지 못한다.

자연과 문명은 이질적이지만 동시에 그렇게도 닮아있다. 온 도시 전체가 거대한 사원인 바간은 이방인의 눈에 마치 달나라처럼 낯설고 독특한 풍경을 선물한다. 그리고 며칠 지나면 마치 그곳이 고향인듯 익숙해진다. 시간을 잊게 하는 신비스러운 사원들에 들어가려면 신발을 벗어야 한다. 그 많은 사원들을 제대로 구경하려면 하루종일 신발을 벗었다 신었다 하는 수고로움은 어쩔 수 없다. 신발 벗는 일에 익숙하지 않은 서양인 관광객들과 큰 다툼이 일어날 정도니, 미얀마 사람들은 사원에 들어갈 때 맨발로 들어가는 신성함을 절대로 포기하지 않는다.

하루종일 사원 구경을 하면서 인간의 마음이 깃든 너무도 다양한 표정의 불상들을 바라보며 묘한 감회에 젖었다. 어느 날 즐겁지만 고된 하루를 마치고 호텔로 돌아와 화장실에 들어갔는데, 그만 변기가 막히는 소동이 일어났다. 사정을 이야기하자 한 청년이 환하게 웃으며 화장실로 들어가 문을 잠그더니 콧노래를 부르며 변기를 고치고 나왔다. 하도 고마워서 5달러를 주었더니 너무 많다는 듯 환하게 웃으며 정중하게 고맙다고 말했다. 문득 그날 낮에 본 불상의 얼굴 중 하나랑 닮았다는 생각이 들었다.

미얀마 남자들은 일생에 한 번은 출가를 한다. 그 목적이 다를지언정 군대를 가는 일과 출가를 하는 일의 과정은 절제와 수행이라는 면에서 어쩌면 비슷한 일일지도 모른다. 미얀마 성인식인 '신쀼' 의식은 열 살 전후의 소년들이 싯다르타 왕자가 왕위를 버리고 깨달음을 얻기 위해 출가하는 모습을 재현하였다. 사나흘부터 몇 달간 하는 단기출가도 있지만, 50세가 되어 가족을 둔 남편이 아주 출가하는 경우도 드물지 않다고 한다. 우리네 생각으로는 이해할 수 없는 일이다. 나이 들어 출가한 남자들이 공양을 구하러 다니는 일은 쉬운 일이 아니지만, 아내가 공양을 넣어주면 수행에만 몰두할 수 있다고 했다. 모두 다 같이 나누어 먹기 때문에, 아내가 만든 공양이 누구에게 돌아갈지 모른다. 그래도 남편을 위해 음식을 만드는 아내의 마음이 바로 붓다의 마음이 아닐까?

서울로 돌아가는 길에 미얀마 양곤에서 아웅산 묘역에 들렀다. 입구의 독립된 작은 공간에 30여 년 전 북한이 저지른 아웅산 묘역 폭탄 테러로 희생된 대한민국 순국사절 추모비가 있었다. 어느새 30여 년이 지나 오래도록 잊힌 이름들을 적어본다.

잔지바르 또는 마지막 이유

이중현 동아일보 사진부장, 한경희 대통령 경호관, 정태진 대통령 경호관, 이재관 대통령 공보비서관, 민병석 대통령 주치의, 하동선 해외협력위원회 기획단장, 김용한 과학기술처 차관, 이계철 주 버마 대사, 김재익 대통령 경제수석 비서관, 강인희 농수산부 차관, 이기욱 재무부 차관, 심상우 민정당 총재 비서실장, 함병춘 대통령 비서실장, 서상철 동력자원부 장관, 김동휘 상공부 장관, 이범석 외무부 장관, 서석준 부총리 겸 경제기획원 장관.

한글로 적힌 이름들을 보니 뭉클했다. 이렇게 긴 명단을 적어보는 건 이 자리에서 그들을 기억하기 위해서다. 아웅산 묘역에서 만난 추모비 속의 그 아까운 이름들은 누군가의 아들이고 남편이며 아버지였던 그리운 이름들이다. '버마'로 각인된 미얀마는 그렇게 우리에게 아픈 기억의 장소이기도 하다. 그때가 바로 엊그제 같은데 거짓말 같은 세월이 그런 사실이 언제 있었냐는 듯 우리를 미얀마의 낯선 풍경 속으로 데려간다.

불상들의 숫자가 사람 수보다 더 많아 보이는 곳, 저렇게 두면 도둑맞지 않을지 비바람과 뜨거운 햇볕에 소실되지는 않을지 걱정스러운 수많은 보물들이, 보물인지도 모르는 듯 환하게 웃으며 지나가는 미얀마 사람들의 얼굴과 겹친다.

종교의 매력은 우리의 하찮은 삶을 금처럼 값지게 만드는 시간의 연금술이라는 데 있지 않을까? 여행길에 계속 신발을 벗으라고 독촉하며 우리 일행을 가이드한 미얀마 여성 '주주'는 한국에서 남편과 함께 몇 년 동안 공장에서 일하며 지냈다고 했다. 서울에서 좋은 한국인도 나쁜 한국인도 만났다고 했다. 세상 어디인들 그렇지 않으랴. 서울로 가는 비행기를 타러 들어가는데 이별 인사를 하러 나온 주주의 눈가가 섭섭한 마음에 빨개졌다. 눈물을 보이는 가이드 주주가 내게는 문득 어릴 적 영화에서 본 선한 외계인처럼 느껴졌다. 미얀마는 참 낯설지만 다정하고 따뜻한 외계였다. 바간에서 열기구를 타던 새벽이 눈에 밟힌다.

시칠리아, 꿈속의 도시들

'마피아의 고향 시칠리아' 하면 제일 먼저 떠오르는 것은 말런 브랜도가 열연한 프랜시스 코폴라 감독의 영화 〈대부〉다. 영화를 사랑한 소년의 성장영화인 주세페 토르나토레 감독의 〈시네마 천국〉의 마지막 장면도 시칠리아 팔레르모 동쪽의 작은 항구도시 체팔루에서 찍었다. 영화에 나오는 해변 벤치에 앉아 사진도 찍어보고 한적한 마을의 좁은 골목길을 걸으며, 영화를 보았던 날들이 내게도 까마득한 옛일임을 깨닫는다.

같은 감독이 만든, 개인적으로 가장 잊을 수 없는 영화 중 하나인 〈말레나〉 역시 시칠리아의 중세 도시 시라쿠사에서 찍었다. 뭇 남성들의 시선과 여자들의 시샘을 받으며 모니카 벨루치가 하이힐을 신고 광장을 가로지르며 걸어가던 장면을 찍은 시라쿠사의 두오모 광장을 걷는 기분은 묘했다. 밤이 되자 시라쿠사의 광장은 더욱 은은하고 화려하게 빛났다. 구시가지의 좁고 긴 골목을 따라 걷다가 카페에 들어가 시칠리아 산 와인을 한잔하는 것도 행복한 일이다. 영화의 명장면들을 떠오르게 하는 이 모든 도시들을 실제로 밟아보는 시칠리아 여행은 내게 친밀감과 신기함을 동시에 주었다. 그곳은 실로 오래도록 꿈꾸었던 꿈속의 도시들이었고, 실제로 그 땅을 걸으면서도 꿈속인 듯 아련했다. 시칠리아 여행의 순서는 중요하지 않았다. 이 도시가 떠올랐다 다른 도시가 떠올랐다 하다가 한꺼번에 뒤섞여서 지상에 존재하지 않는 신비로운 도시가 되기도 한다.

거대한 성벽에 둘러싸인 중세시대의 마을 에리체에 밤이 오면, 좁은 골목길 흐린 불빛 사이로 몽환적인 풍경이 펼쳐진다. 모자이크식 돌을 깔아 만든 은회색으로 빛나는 바닥의 그 고풍스러움에 감탄하며 아무도 모르게 떼어다가 우리나라 인사동 길바닥에 깔아두고 싶은 생각이 들었다. 그리스 유적들이 가장 많이 남아있는 아그리젠토의 '신전의 계곡'에서 문명의 흔적들을 따라 걸어본다. 무너진 신전들 앞에 태양에 가까이 가려다가 날개가 타버려 추락한 이카루스의 날개를 표현한 거대한 현대 조각품이 놓여있는 풍경은 문명비판적인 독특한 풍경을 연출한다.

해지기 전 신전의 계곡 남서쪽 해변에 위치한 석회암 절벽계단 '스칼라 데이 투르키'에 오른다. 석회암이 오랜 세월 비와 바람에 깎여 만들어진 계단은 마치 눈으로 만들어진 것처럼 하얗게 빛난다. 꼭대기에 올라 맥주를 한잔하며 해가 지기를 기다린다. 해가 지고 나면 또 다른 경관을 연출하는 그곳에서 동영상을 찍으니 풍경에 더해진 사람들의 실루엣이 흑과 백으로 남아 마치 그림자 연극을 보는 것 같다. 풍경에 사람이 더해지는 그림이 아름답다는 걸 처음으로 느낀다. 또 하나의 잊을 수 없는 보석 같은 도시가 '칼타지로네'다. 이곳을 포함한 '노토' 등 시칠리아 동남부의 도시들은 1693년에 일어난 지진으로 사라졌다가 바로크 양식과 고도의 건축기술로 폐허 위에 재건되었다. 예부터 도자기로 유명한 칼타지로네에는 컬러풀하고 화려한 타일로 장식한 142개의 도자기 계단이 만들어졌다. 오르내리는 여행객들로 몸살을 앓지만, 세상 어디에도 없는 독특한 계단 예술품이 아닐 수 없다.

계단 끝까지 올라가 아래를 내려다보면 저 멀리 도시의 사람들 모습도 아스라하게 보이고, 가방을 끌고 계단을 오르내리는 여행객의 실루엣도 풍경에 더해져 또 다른 이색적인 풍경을 연출한다. 아쉬운 마음으로 칼타지로네의 계단을 내려왔다. 언제 다시 올까 싶어 자꾸만 뒤돌아보니 어느새 계단은 저 멀리 작아져 사라졌다.

에트나 화산에 올랐던 기억도 빼놓을 수 없다. 언제 또 폭발할지 모른다는 움직이는 산의 살아있음을 눈으로 만끽하고, 영화 〈그랑블루〉를 찍었다는 아름다운 해변 도시 타오르미나에 짐을 풀었다. 바닷속의 삶을 통해 인간의 실존을 깊은 성찰로 그려낸 〈그랑블루〉 역시 잊을 수 없는 영화다. 예쁜 상점들이 다닥다닥 붙은 타오르미나의 중심가인 움베르토 거리를 걸으며 바다가 보이는 카페에 들어가 시칠리아 커피를 마신다. 살아있다는 느낌이 온몸으로 전해진다.

그러다 문득 시칠리아 여행 초입에 가보았던, 관광객들의 명소인 팔레르모의 카타콤베 생각이 났다. 그곳은 당시 모습 그대로 보존된 미라 형태의 수천 개의 시체가 벽에 다닥다닥 걸려있는 시체 박물관이다. 박제된 시신들은 편안한 얼굴, 고통스러운 얼굴, 고개를 숙이거나 뒤로 저친 얼굴 등 살아있는 사람들만큼이나 다양한 표정을 하고 있다. 몇백 년 전에 죽은 사람들의 표정에 모골이 송연해지며 삶과 죽음이 그리 멀지 않다는 자각에 흠칫 놀란다. 시칠리아는 내게 삶과 죽음을 동시에 강렬하게 느끼게 해준 곳이었다. 돌아온 지 며칠 안 되었는데도, 다시 가고 싶은 곳을 꼽으라면 큰 소리로 "시칠리아!"라고 할 것이다.

아바나에서 멈춰버린 시간

아바나 공항에 도착하자마자 제일 먼저 눈에 띈 건 체 게바라의 사진 아래 '쿠바 리브레Cuba Libre'라고 쓰인 포스터였다. 칵테일의 한 종류인 '쿠바 리브레'는 독립전쟁 당시의 구호로, '자유쿠바 만세'라는 뜻이다. 인상적인 건 쿠바에는 50여 년간 장기집권한 독재자 '피델 카스트로'보다, 그 정권을 이어받은 동생 '라울 카스트로'보다 체 게바라의 흔적이 제일 많다는 사실이다. 오스트리아의 모차르트보다, 스페인의 피카소보다 한국의 이순신보다 훨씬 많다. 아니 쿠바는 젊어서 죽어 영원히 늙지 않는 삶의 혁명가 체 게바라를 팔아먹으며 산다. 이 세상 모든 젊음들의 로망, 체 게바라가 아름다운 건 권력을 마다하고 좀 더 나은 세상을 위해 싸우다 죽은 영원한 삶의 혁명가이기 때문이다. 어디서나 볼 수 있는 체 게바라의 이미지는 평양 거리 어디에나 붙어있는 김일성, 김정일의 초상화와는 전혀 다른 자유와 생동감이 넘쳐난다. 같은 반미주의 길을 걸었어도 쿠바에는 의료와 교육이 무상이며 적어도 굶어 죽는 사람은 없다.

특이하게도 쿠바에서는 가수나 화가, 조각가 같은 예술가들이 제일 잘 산다. 시가를 문 거리의 악사들과 세월이 목소리로 여문 늙은 가수들, 쿠바의 대표적인 칵테일 모히토와 그 이름도 유명한 시가 '코이바', 〈치코와 리타〉라는 아름다운 애니메이션 영화를 보며 나는 자주 아바나의 거리를 꿈꾸곤 했다. 실제로 쿠바에 가보니, 가장 최근에 지은 건물이 60년대 건물이라 마치 온 나라가 박물관 같았다. 매연을 내뿜으며 달리는 1957년산 벤츠와 람보르기니 등 달리는 골동 자동차들도 관광객의 눈길을 사로잡는 아바나 거리의 명품들이다.

아바나에 밤이 오면, 자본주의 광고판 대신 화려하지 않은 가스등 불빛이 비추어 도시는 마치 타임머신을 타고 중세도시로 간 듯하다. 어두운 밤에 높은 곳에 있는 카페에 올라가 시내를 내려다보며 모히토를 한잔 하는 기분은 살아있음을 만끽하게 해준다. 아마 몇 년만 지나도 아바나의 밤이 다른 서유럽 국가들과 비슷해질지 모른다. 화려한 전광판과 넘쳐나는 관광객들로 몸살을 앓을 것이다. 아바나는 1990년 체코 프라하나 폴란드의 크라쿠프를 여행했을 때나 맛볼 수 있던 고요하고 적막한 중세의 아름다움을 연상시켰다. 20년이 지나 다시 찾은 동유럽은 서유럽의 다른 나라들과 많이 다르지 않았다. 쿠바에 가고 싶은 사람이라면 되도록 빨리 가길 권한다. 쿠바 사람들에게 "빨리 좀 해주세요." 하면 "왜 빨리해야 하는데요?" 하고 묻는다. 그들이 제일 싫어하는 말이 '빨리'라는 단어다. 하긴 우리는 그 '빨리'의 정신으로 오늘의 경제성장을 이루었다. 하지만

그대 안의 풍경 scene within you │ 130×162cm │ 2013

빨리하는 일은 늘 후유증이 남는지도 모른다. 빨리 걸어온 우리가 돈을 얻었다면, 행복을 잃었다고 말하지는 말자.

쿠바에서도 한국드라마는 인기 짱이고, 젊은이들이 서툰 한국어 발음으로 우리나라 꽃미남 배우들 이름이나 케이팝 가수들의 이름을 말할 때는 내가 더 모를 지경이다. 서른 살 시절, 쿠바를 여행하고 돌아온 선배가 가난이 아름다운 나라라고 말했던 기억이 난다. 30여 년 전의 아바나는 어땠을까? 아바나 여행을 하고 나니 타임머신을 타고 선배가 가봤다는 오래된 아바나도 꼭 가보고 싶었다.

꿈에 그리던 쿠바 여행길을 안내해준 사람은, 외교관이던 아버지를 따라 평양에서 중학교를 졸업하고 김일성대학교 조선어학과를 졸업한 쿠바인 가이드 '호세'였다. 북한에서 사춘기 시절을 보낸 호세는 약간의 북한 어투가 섞인 한국말을 기가 막히게 구사했다. 90년대 중반 외교관 가족들은 특별대우를 받았지만, 대다수의 평양 시민들은 밤 동안 다리미를 켜놓고 자며 겨울을 이겨내기 일쑤였고, 시골에는 얼어 죽는 사람들도 많았다고 했다. 하지만 평양 시내는 놀라울 정도로 깨끗했으며, 묘향산은 너무도 아름다웠다. 북한 주민들은 허락을 받아야만 산에 올라갈 수 있었기 때문에 산속은 언제나 아무도 없이 고요했다. 호세가 북한에서 보낸 7년은 고독한 외계의 행성에서 보낸 독특한 체류의 기억이다.

잊지 못할 쿠바 여행에서 돌아온 지 2주 만에, 53년 만의 침묵을 깨고 쿠바와 미국이 국교 정상화 시대를 열게 되었다는 기사를 읽으며 반가우면서도 왠지 허탈했다. 문득 체 게바라의 일기 중 이런 구절이 떠올랐다.

"동지여. 그게 비록 꿈일지라도 끊임없이 말하자. 우리의 꿈은 실현 가능한 일이며, 가능해야만 하며, 가능할 것이다."

낯선 행성, 마카오

마카오 여행을 떠난 건 카지노를 좋아해서가 아니었다. 아니, 나는 그 흔한 고스톱도 못 친다. '동양의 라스베이거스'라고 불리는 마카오에서, 오래전 라스베이거스 여행을 하며 느꼈던 마치 우주선을 타고 다른 혹성에 가보았던 것 같은 신기한 느낌을 다시 느껴보고 싶어서였다. 어릴 적 들어본 익숙한 단어인 '마카오 신사'는 해방 이후 멋쟁이를 일컫는 말이었다고 한다. 옛날 우리 아버지가 마카오 신사로 불렸다는 희미한 기억이 떠올랐다. 실제로 아버지가 홍콩과 마카오를 다녀오시면서 신기한 선물을 사다주셨던 기억도 희미하게 남아있다. 이렇듯 마카오는 어릴 적부터 내게 남아있는 동양에 위치한 이국적인 이미지의 이름이다.

마카오는 포르투갈의 유럽 문화와 중국의 동양 문화가 섞여 묘한 분위기를 자아내는 낯선 혹성이다. 요즘은 외국에 도착하자마자 스마트폰에 사람들이 많이 모이는 곳에는 테러의 위험성이 있으니 가지 말라는 대한민국 외교부의 지침이 문자메시지로 바로 찍힌다. 마치 어릴 적 어머니가 위험한 데는 가지 말라고 하시던 것처럼 다정하게 느껴진다. 나라가 있다는 건 참으로 행복한 일이다. 어떤 나라도 부모 없는 아이들처럼 난민들을 걱정해주지 않는다.

마카오 하면 호텔 카지노가 떠오르고, 극장이나 박물관이 아니라 이번에는 사람이 붐비는 대형 호텔 카지노에서 테러가 일어날 수도 있다는 엉뚱한 생각이 뇌리를 스친다. 낯선 혹성들을 닮은 화려한 호텔에 입성하기 전에 마카오 역사지구 관광의 출발점인 세나도 광장을 둘러본다. 유럽의 어느 작은 골목길을 지나면 나타날 것 같은 그곳에 조명이 켜지는 밤은 동화 속 나라 같다. 유럽풍 건물들과 타일 바닥들, 예쁜 기념품 가게들과 분위기 좋은 카페들로 유럽에 온 착각을 할라치면 옆 골목은 시끄러운 중국이다. 광장 부근 베이커리에서 유명하다는 에그타르트를 맛본다. 한국에서 에그타르트를 맛본 건 그리 오래전 일이 아닌 것 같다. 에그타르트의 원조는 포르투갈의 '제로니모스 수녀원'이다. 달걀흰자로 수녀복에 풀을 먹였던 수녀들이 쓰고 남은 달걀노른자를 활용하기 위해 디저트를 만든 것이 시초라고 한다. 별것도 아닌 에그타르트가 입에서 살살 녹는다.

마카오는 기독교, 불교, 힌두교, 도교 등 다양한 종교들이 공존하는 도시다. 3월에 마카오에서는 어마어마한 인파가 함께 행진하는 기독교 축제가 열린다. 아시아에서 찾아보기 힘든 규모의 이 행사는 16세기부터 행해졌는데, 차가운 야외에서 십자가를 진 예수상과 함께 철야 거리행진을 한다. 마카오 대성당과 성 도미니크 성당 등 구시가지의 종교적인 엄숙한 분위기 속에서 빠져나오자마자 마카오의 신도시가 호텔의 마술을 걸기 시작한다. 마치 지팡이로 건드리면 근사한 호텔 하나가 생겨나듯, 육지가 아닌 바다를 매립한 땅 위에 지은 화려하고 눈부신 호텔들은 인공의 왕국들을 연상시킨다. 너무도 다른 콘셉트의 각기 다른 눈부시고 화려한 호텔들을 돌다보면 정말 화성, 목성, 명왕성 등으로 연결된 낯선 우주에 떨어진 기분이 든다. 그림형제의 동화 『헨델과 그레텔』 속 과자집 같기도 하고, '들어와라, 먹어라, 마셔라, 돈을 써라' 이렇게 유혹하는 소리가 들리는 것도 같다.

캄캄한 밤에 윈 호텔의 케이블카를 타고 오르다보면 파리지안 호텔의 에펠탑이 반짝거리는 게 보인다. 마카오에는 파리도 있고 베네치아도 있다. 베네치안 호텔에 가면 인공 베네치아를 그대로 옮겨놓아 곤돌라를 탈 수도 있다. 호텔에서 다른 호텔로 또 다른 호텔로 이어진 다리를 통해 계속 걸어갈 수 있는 인공의 호텔 공화국 마카오는 신기한 나라다. 마카오에 도착하면 곧바로 그곳에서 가장 부자인 '스탠리 호' 회장 소유인 리스보아 호텔이 멀리서도 가장 먼저 눈에 띈다. 새장 모양을 한 의미는 호텔 카지노에 들어오면 갇혀서 돈을 다 잃을 때까지 나가지 못한다는 뜻이라고 한다. 로비에 들어서면 엄청난 크기의 다이아몬드와 순금으로 만든 풍경 조각들이 보인다. 밖에서는 밤새 분수쇼가 펼쳐지고 〈다이아몬드는 영원히〉 007 영화 주제가가 배경음악으로 흘러나온다. 그 낯익은 음악은 꼭 '아무것도 영원한 것은 없으니 실컷 놀아라' 이런 소리로 들린다.

마카오의 호텔마다 가득 쌓인 명품들을 몇 날 며칠 보자 그 수많은 명품들이 명품도 그 무엇도 아닌 무의미한 사물로 보이기 시작했다. 마카오에 머물면서 카지노에서 슬롯머신을 한 번도 안 하고 지나치기만 한 사람은 드물 것 같다. 있는 돈 없는 돈 다 잃고 허무한 생각에 빠진 사람도 있으리라. 누구에게나 다시는 돌아올 수 없는 이른 봄밤의 꿈이다. 낯선 행성 마카오에 다시 오지는 못하리라. 그렇게 생각하니 저 멀리 멀어지는 신비한 호텔의 마법이 풀리기 시작해 과자 집들이 한 조각씩 녹아내리는 것 같다. 꿈속처럼 그저 종이에 불과한 돈들이 공중으로 흩어지는 환영을 본다.

마다가스카르, 안타나나리보

한국에서 1만 5천 킬로미터 떨어진 먼 나라 마다가스카르는 여행을 꿈꾸는 사람이라면 죽기 전에 반드시 가보아야 할 신비로운 땅이다. 수십 만년 전 인간이 존재하기도 전에 발생한 지각운동으로 아프리카에서 분리되어 지금의 위치에 있게 되었다는 마다가스카르 탄생의 신비한 배경 설명이 아니더라도 그 땅은 그 이름만큼이나 마냥 신비롭다. 아프리카 남동쪽 인도양에 있는, 세계에서 네 번째로 큰 섬 마다가스카르는 바오밥나무로도 유명하다.

생텍쥐페리의 『어린 왕자』를 읽지 않은 사람이 있을까? 바오밥나무는 『어린 왕자』를 읽은 사람이라면 죽을 때까지 잊을 수 없는 나무의 이름이리라. 그러니까 마다가스카르는 『어린 왕자』를 읽은 40년 전부터 내가 늘 꿈꾸던 나라였다. 바오밥나무들이 줄지어 선 모론다바를 가기 전에 마다가스카르의 수도 안타나나리보에 도착했다. 이름처럼 아름다운 동화 같은 마을들의 풍경에 눈이 부시다. 그렇게 높고 푸른 하늘은 참 오랜만에 보았다. 현지인들은 '타나'라고 부르는 안타나나리보의 이름을 발음하는

것만으로도 달나라에 온 듯 신기한 기분이 든다. 170만 인구가 사는 타나
는 한반도의 세 배나 되는 큰 도시다.

1960년 프랑스에서 독립한 마다가스카르의 수도 안타나나리보는 오
랜 식민지 시절의 낡고 고풍스러운 유럽식 건축물들과 풍요로운 자연이
어우러져 이 세상 어디에서도 볼 수 없는 묘한 분위기를 자아낸다. 2천여
년 전 옛 인도네시아인들이 계절풍을 타고 도착했다는 마다가스카르 탄
생설이 있듯, 위치상으로는 분명 아프리카인데 사람들은 아프리카와 동
남아시아계 폴리네시안 인종이 섞인 듯한 혼혈로 피부가 그리 검지 않아
신기한 생각이 들었다. 그러니까 그곳은 아프리카와 유럽과 동남아시아의
문화가 섞인 복잡하고 다양한 문명의 세계다. 프랑스인, 중국인, 인도인, 파
키스탄인, 원주민인 말레이인 등, 열여덟 개의 민족이 믿는 종교도 다 다르
지만 아무 마찰 없이 평화롭게 공존한다고 했다. 우리나라 1960년대처럼
맨발로 공을 차는 아이들이 조금 더 문명의 수혜를 받을 수 있도록 한국인
선교사 부부가 애쓰는 모습은 참 보기 좋았다. 그 옛날 서양의 선교사들이
우리나라에 가져다준 교육과 의료라는 아름다운 선물을 떠올려본다.

하지만 그곳에는 우리에게 없는, 아니 어쩌면 우리가 잃어버렸을지도
모르는 무언가가 있다. 안타나나리보의 중심 시가지를 조금만 벗어나면
낡은 흙벽돌집들이 모여있는, 사랑스럽다고 말할 수밖에 없는 달동네들
이 나타난다. 집안이 추워서 옹기종기 나와 앉아 햇볕을 쬐고 있는 모습
들을 바라보면 타임머신을 타고 과거에 도착한 기분이다. 그곳에서 벽돌

을 깨는 일을 하는 열세 살 소녀를 만나 사진을 같이 찍었다. 많은 아이들이 집안의 생계를 돕기 위해 벽돌 깨는 일을 하고 있었다. 벽돌을 깨서 적은 돈을 벌면서도 환하게 웃는 그곳 아이들과, 가지고 싶은 걸 금세 손에 쥘 수 있으면서도 우울증에 빠지기도 하는 잘사는 나라의 아이들의 삶은 어떻게 다를까? 문득 그런 생각을 해본다.

시간이 정지한 듯 느리게 흘러가는 시간을 만끽하며 안타나나리보의 사랑스러운 골목길들을 걷다보면 우리가 왜 그렇게 조바심을 내며 바쁘게 살고 있는지 이해가 되지 않는다. '행복이란 무엇인가'에 관한 공부가 저절로 되는 곳이기도 하다. 넓은 평원 위 1천 개의 언덕마다 작은 마을들이 생겨 도시를 이룬 곳, 차를 타고 조금만 달리면 탁 트인 시골이고, 조금만 들어가면 세련되고 고풍스러운 도시인 자연과 문명이 평화롭게 공존하는 안타나나리보에서 해 질 무렵 언덕 정상에 올라 도시의 파노라마 전경을 내려다보면 탄성이 절로 나온다. 길가에서 과일과 채소들과 고기와 생선 등 온갖 먹을거리를 가득 싣고 기우뚱거리며 춤추듯 걸어가는 '탁시 블루스Les Taxis blues'는 마치 달나라의 택시처럼 내 기억 속에 남았다. 결혼식이 진행 중인 안타나나리보의 거리 한가운데서 춤추는 사람들을 구경하다 마다가스카르식 지붕이 내려다보이는 운치 있는 한국 식당 '아리랑'에 들어갔다. 김치찌개와 된장찌개, 불고기와 떡볶이 등, 그 많은 메뉴에도 맛없는 게 하나도 없었다.

안타나나리보에서 느리게 흘러가는 시간을 만끽하고 이제 바오밥나무

아무르 바오밥amour baobab │ 80×100cm │ 2017

를 보러 가야 한다. 모론다바에 가기 전에 안다시베 국립공원에 들러 그 유명한 여우원숭이와 사진을 찍었다. 어깨 위에 다정하게 내려앉는 그놈들은 참 넉살도 좋았다.

모론다바에 도착해 바오밥나무가 가까이 보이기 시작하자 가슴이 뛰었다. 하느님이 실수로 땅에다 거꾸로 심었다는 바오밥나무, 위로 뻗은 줄기가 뿌리처럼 보이는, 하늘을 향해 뻗은 크고 힘센 바오밥나무는 짧게는 몇백 년 길게는 몇천 년을 산다고 했다. 『어린 왕자』 속의 바오밥나무는 너무 빨리 자라 어린 왕자가 살던 소혹성 B612를 온통 엉망으로 만드는 무서운 식물이다. 어린 왕자가 자신이 사는 별이 바오밥나무 때문에 두 조각으로 쪼개지지 않을까 걱정하는 장면이 잊히지 않는다.

해가 지기를 기다려 본 캄캄한 어둠 속에 거대한 전신주들처럼 죽 서 있는 바오밥나무들의 정경은 마치 이집트의 피라미드나 미얀마의 거대한 불상군을 보는 것처럼 장엄하기까지 하다. 오래전에는 사람이 죽으면 바오밥나무의 구멍 안에 매장하기도 했다고 한다. 시간이 오래 지나면 바오밥나무는 죽은 시신을 껴안고 녹여 한 몸으로 받아들인다고도 했다. 죽어서 바오밥나무가 된 사람들을 상상해본다.

한낮에도 뜨거운 햇볕을 받으며 변함없이 하늘을 우러르며 서 있으리라. 서로 얽히고설켜 하늘 가까이 뻗어 오른 '아무르 바오밥'은 일명 사랑의 바오밥나무다. 운 좋게 만나 영원한 사랑을 약속한 어느 두 사람의 사랑처럼 얽히고설켜 영원히 거기에 있으리라. 1만 5천 킬로미터를 돌아 내

나라로 돌아가는 길에 '아무르 바오밥', 듣기만 해도 마음이 설레는 이름
을 되뇌었다.

잔지바르 또는 마지막 이유

아프리카 탄자니아의 '잔지바르'라는 도시는 가보기 전에는 세상에 진짜 있는지도 몰랐던 상상 속의 이름이었다. 독일의 어느 작은 마을에서 나치를 피해 국경을 넘는 고독한 사람들에 관한, 언젠가 읽었던 매혹적인 소설 『잔지바르 또는 마지막 이유』 때문이었다. 매일 아무 일도 일어나지 않는 지루한 고향 마을을 떠나 책 속에서 읽은 먼 잔지바르로 떠나고 싶어하는 소년의 기억이 늘 내 안에 남아있었다. 그에게 '잔지바르'는 '자유'의 상징 같은 이름이었을 것이다. 몇 년 전 아프리카 여행을 떠나며 일정표에서 '잔지바르'라는 도시 이름을 발견하자 가슴이 두근거렸다. 천년 도시 잔지바르의 돌로 만들어진 '스톤타운'은 아프리카, 인도, 아랍, 유럽 문화의 이질적인 요소들이 섞여 소위 비빔밥 문화가 정착된 독특한 도시다. 푸른 바다를 앞마당으로 두고 이국적인 이슬람 정서를 불러일으키는 건축물들로 빼곡한 골목길 속을 들어서며, 한 번도 가본 적 없는 상상의 잔지바르 속으로 끌려 들어간다. 미로처럼 연결된 좁은 골목길들은 세상의 모든 골목길을 사랑하는 내게 지금 여기 살아있다는 느낌을 주기에 충분했다.

도시의 매력은 미로로 연결된 골목길에 있다는 걸, 그 안에서 아무리 길을 잃어도 행복하다는 걸 잔지바르는 또 한번 느끼게 해주었다. 유서 깊은 낡은 분위기와 바다가 보이는 이국적인 카페들과 아름다운 가게들에 눈길이 팔려 하루를 몽땅 보내버려도 부족하다. 아름다운 잔지바르식 수공예 목걸이가 비싼 듯해 사지 않은 게 아직도 후회로 남는다. 세상에 하나밖에 없는 색깔과 모양을 지닌 목걸이였다. 여행은 때로 그곳에서 산 물건들로 기억되기도 한다. 아니 사지 못한 그 물건들의 애틋한 기억으로 남기도 한다.

잔지바르는 '흑인의 해안'이란 뜻이라고 한다. 2백 년 흑인노예의 역사를 지닌 슬픈 도시가 바로 잔지바르다. 창문도 없는 감옥 같은 곳에서 수만 명의 노예가 갇혀있던 잔인한 노예시장의 흔적을 볼 수 있는 곳이기도 하다. 잔지바르는 동아프리카의 주요 노예무역항 중 하나였지만, 노예 반대 지지자들이 캠페인을 벌였던 주요기지이기도 했다. 여러 외세의 지배를 받았던 잔지바르는 19세기 들어 유럽의 왕성한 선교활동으로 노예무역이 끝이 나고, 1964년 아랍의 지배를 마지막으로 영국 연방에서 독립하여 탕가니카와 잔지바르의 연합국인 탄자니아 합중국으로 탄생한다. 유럽인들이 사랑한 휴양도시 잔지바르, 동아프리카 노예 역사의 산증인 잔지바르, 유서 깊은 낡은 석조건물들과 시간이 멈춘 것 같은 스톤타운, 그곳을 거닐면서 여행객은 한 번도 꿈꾼 적 없는 낯선 꿈속에 빠져든다.

골목길을 돌아 나가면 인도양의 작은 섬들과 나룻배들이 점점이 그림처럼 박혀있는, 서민들의 삶의 터전인 바다를 만난다. 그곳에서 북쪽 끝, 구름과 석양과 별들이 쏟아지는 해변의 밤과 알록달록한 느낌의 골목길들이 기다리는 능귀 해변을 찾는 것도 잔지바르 여행의 빼놓을 수 없는 묘미 중 하나다.

잔지바르의 가난한 마을에서는 한국인 선교사에 의해 시작된, 아무리 없이 살아도 공짜만 바라지 말고 내가 가진 것을 남에게 나누어주자는 '스톱헝거STOP HUNGER' 운동이 펼쳐지고 있었다. 집에서 기른 채소나 과일, 닭 한 마리를 안고 온 사람들도 있었다. 수북이 쌓인 그 물건들은 독거노인들이 기거하는 양로원으로 보내진다. 독거노인이 기거하는 시립 양로원은 생각보다 규모가 컸다. 양로원의 노인들은 나름 화려한 옷들을 입고 멀리서 온 손님을 맞았다. 아프리카에서 가난한 사람들의 집을 방문해보면 열악하기 그지없는데도, 학예회 같은 축제에 입고 나오는 그들의 옷은 너무 화려하고 아름다워서 신기한 생각이 들었다. 어쩌면 그들은 대대로 내려오는 단 몇 벌의 화려한 옷을 간직하고 있는 건 아닐까? 에이즈 보균자라는 이유로 마을 사람들에게서 쫓겨나, 도심에서 멀리 떨어진 산골 숲속 깊이 살고 있는 한 소녀의 집을 방문했던 기억도 눈에 선하다. 날때부터 에이즈에 감염된 소녀는 커서 뭐가 되고 싶은지 물으니 환한 얼굴로 의사가 되고 싶다고 했다. 소녀의 가족이 차려낸 점심은 꼭 우리의 닭볶음 비슷한 맛으로 정말 일품이었다.

책에서 읽은 멀고 먼 아름다운 섬나라, 상징적 자유의 이름, 하지만 아픈 현실의 옆모습을 지닌 잔지바르를 떠나며 예전에 읽었던 책의 한 구절이 다시 떠올랐다.

"숨는 것은 아무런 의미도 없고, 단지 떠나는 것만 의미가 있었다. 갑자기 그에게 떠나야 할 세 번째 이유가 떠올랐다. 그는 레리크(독일 북부의 항구도시)를 내려다보며 잔지바르를 생각했다. 먼 곳에 있는, 대양을 넘어있는 잔지바르, 또는 마지막 이유였다."

알프레트 안더쉬 『잔지바르 또는 마지막 이유』 중에서

윈난성 사시, 그 고독한 우주

처음 중국 여행을 가면 누구나 그 대륙의 규모에 우선 놀라기 마련이다. 그중에서도 윈난성은 갈 때마다 그 느낌이 다른 독특한 기억의 디테일을 남긴다. 작은 기와집들이 수없이 모여 거대한 풍경을 이루는 모습을 바라보면 문득 타임머신을 타고 오랜 옛날 어딘가 낯선 시간 속에 떨어진 아득한 기분이 든다. 내 어린 날 살았던 기와집에 대한 기억이 늘 애틋해서일까? 광화문 내수동의 좁고 긴 골목길 끝 막다른 대문집이던 우리 집의 기억은 통인동에 있던 초등학교 근처의 옥인동, 누상동, 누하동 등에 살던 친구들 집의 기억과도 연결된다. 작고 허름하든 크고 대궐 같든, 우리 집이든 친구네 집이든, 그리운 기와집들은 어른이 되어서도 기억 속에서 사라지지 않았다.

윈난성 리장 고성에서 만난 오래된 기와집들의 풍경은 어린 날 보았던 기와집들의 기억을 집대성해놓은 것 같아 탄성이 절로 나왔다. 옛집을 개조한 카페 4층 꼭대기에 올라가 리장 고성을 내려다보면 오밀조밀한 기와들이 모여 거대한 기와 무덤을 이룬다. 중고등학교 시절 고궁에서 수채화를 그리던 이래, 정말 오랜만에 풍경화를 그리고 싶었다. 도시계획 탓에 사라져버린 어린 날의 옛집에 대한 아쉬움은 오래전에 잃어버린 보물섬 지도처럼 아직도 마음속에 남아있다.

리장 고성의 밤 풍경은 한 번도 꾸어보지 못한 화려한 꿈속 풍경 같다. 빼곡히 들어선 낡은 집들의 옛 향취는 물건을 사고파느라 정신이 없는 상업주의에 묻혀 어쩔 수 없이 제맛을 떨어뜨린다. 그대로의 고요한 옛집들을 꿈꾸는 여행객의 마음은 과욕일지도 모른다. 휘황찬란한 불빛 아래 화려하게 빛나는 옛집의 배경음악은 테크노 음악이다. 온몸을 흔들어대는 젊은이들이 좁은 골목들을 빼곡히 채우고 있던 리장의 밤 풍경을 떠나 한적한 마을 '사시'에 들르게 된 건 행운이었다.

따리와 리장 사이의 고요한 마을인 사시는 중국의 보이차와 약재 등과 티베트의 소금과 말과 야크를 교역하던 차마고도 상인들이 멀고 먼 여정 동안 이곳에 들러 쉬면서 숨을 고르던 곳이기도 하다. 그 시절엔 시장이 크게 들어서기도 했다는, 차마고도에서 가장 원형대로 보존되어 있는 사시 마을은 아는 사람은 다 알지만 아직은 세상과 단절된 묘한 정서를 불러일으킨다. 찻집과 기념품 가게들과 그대로 보존된 낡은 전통 가옥들이 늘어선 골목길을 걷다가 길을 잃는 즐거움도 빼놓을 수 없다.

마을이 너무 작아 길을 수십 번 잃는다 해도 나쁘지 않을 것이다. 슬며시 해가 지기 시작하면 사등가를 따라 마을로 내려가 반달문을 지나 명나라 때 만들어졌다는 다리 옥진교에 오른다. 마을을 감싸고 흐르는 흑혜강이 내려다보이고, 건너편에는 끝없이 펼쳐지는 수수밭과 해바라기들이 바람에 흔들리며 일몰을 맞는다. "해바라기의 긴 줄거리 사이로 끝없는 보리밭을 보여 달라"던 함형수의 시 「해바라기의 비명」이 떠오르는 풍경이다.

> 노오란 해바라기는 늘 태양같이 태양같이 하던 화려한 나의 사랑이라고 생각하라.
> 푸른 보리밭 사이로 하늘을 쏘는 노고지리가 있거든 아직도 날아오르는 나의 꿈이라고 생각하라.

그러고 보니 중국 윈난성의 모계사회로 이루어진 나시족 모소인들에게는 '사랑'이라는 단어가 없다고 한다. 그렇다고 진짜 사랑이 없을까? 사랑이라는 말만 무성한 현대인들보다 훨씬 많을지도 모른다. 아니 모두가 다 사랑이라서 특별히 있을 필요가 없는 건 아닐까? 다시 마을 안으로 들어서면 하나둘씩 홍등이 켜지기 시작하고, 낮과는 전혀 다른 사시 마을의 밤 분위기가 마음속으로 파고든다. 영화 속에 나올 것 같은 작고 어둑한 음식점에 들어가 매콤한 요리들을 먹고 나오니, 메인 광장의 은근한 어둠 속에 마을 사람들이 산책을 나와 신기한 운동을 하는 모습이 눈에 들어온다. 마치 꿈속에서 낯선 길을 걷는 기분으로 불이 켜진 작은 찻집들을 여기저기 기웃거리다 고풍스럽게 보이는 찻집 한 곳에 들어가 보이차를 마셨다. 그 옛날 티베트의 소금과 야크와 바꾸던, 보이차라면 단연 윈난성이 아닐 수 없다. 주인 아주머니가 보이차를 내주며 어디서 왔느냐고 묻는다. 한국에서 왔다 했더니 멀리서도 왔다며 자기는 이곳에서 태어나 윈난성 외에는 가본 곳이 없다고 했다. 중국어로 통역을 해주는 친구 덕분에 우리는 많은 이야기를 나누었다. 아버지도 할아버지도 증조할아버지도 다 차마고도 마방(상인)이었다는 그녀의 얼굴에 사시 마을의 쓸쓸함이 감돌았다.

휘영청 달이 밝은 밤, 나는 문득 고요하고 신비로운 꿈속 같은 이곳에서 태어나 어디에도 가본 적 없는 사람과 안 가본 데라고는 없는 사람의 행복과 불행, 기쁨과 슬픔은 어떻게 다를지 생각해보았다. 이미 그곳이 꿈속이라 잠을 자도 꿈은 꾸지 않을 것 같았다.

마추픽추 가는 길, 페루 쿠스코

고대 잉카제국의 수도 쿠스코에 가보기 전에는 그저 유명한 공중도시인 마추픽추로 가는 길에 잠시 들르는 도시 이름이려니 했다. 3,399미터 고도에 도착하면 고도를 여행한 경험이 없는 사람들은 숨이 조금쯤 가빠진다. 안데스산맥의 능선을 배경으로 펼쳐지는 광장의 분위기는 세상 어디와도 다른 독특함으로 여행객의 혼을 빼놓는다.

"도대체 여기가 어디지?" 그 도시의 분위기에 첫눈에 매료되어 자신도 모르게 중얼거렸다. 여기서 한 몇 년 세상 모르게 살았으면 좋겠다는 유혹이 온 마음을 휘감는다. 사실 그래도 그뿐이다. 우리는 한 번뿐인 자신의 삶을 남이 뭐라고 할까 눈치 보며 한순간도 마음대로 못한 채 온 생을 소모한다. 여행은 그 소모적인 일상 속의 일탈이다. 그 일탈의 유혹을 길게 누리고 싶었던 쿠스코에서의 짧은 여정에 아쉬움이 남는다. 쿠스코는 고대 잉카제국의 지배자 파차쿠텍 시대에 2천4백 킬로미터에 이르는 도로와 안데스산맥 곳곳으로 연결된 수로와 계단식 밭들과 산꼭대기에 염전을 건설했던 놀라운 도시다.

1533년 스페인의 정복으로 4백 년에 걸친 잉카 문명은 막을 내리고, 많은 잉카 유적들이 사라졌다. 그 위에 스페인 문명이 보태져, 오늘날의 신비로운 도시 쿠스코로 남았다. 스페인 정복자들은 수많은 원주민들을 죽이고 태양의 신전 자리를 파괴하고 그 자리에 성당을 세웠다. 무너진 잉카제국의 기반 위에 스페인식 건물들을 세우고 신전의 황금들을 다 훔쳐 갔어도, 석벽과 돌길과 그 길 위에 서린 잉카 문명의 지혜와 영혼의 힘은 오늘날에도 그대로 살아 숨 쉬는 듯했다. 광장을 지나 루미요크 골목으로 돌아서는 순간, 13세기 잉카인들의 석공기술의 정수인 〈12각의 돌〉이 나타났다. 종이 한 장 낄 수 없고, 지진에도 끄떡없다는 정교함 앞에서 마술 같은 힘을 느꼈다. 쿠스코의 골목길은 이제껏 한 번도 가본 적 없는 낯선 꿈을 선물한다. 내가 찾던 곳이 바로 이곳이야, 그런 생각이 들어 벅차오르는 가슴을 주체할 수 없었다.

아무리 다시 봐도 싫증이 나지 않는 두껍고 재미있는 책 같다고 할까? 여러 번 봐도 또 보고 싶은 한 편의 영화 같다고 할까? 쿠스코의 골목에서 시간이 멈추길 바랐다. 잉카식 돌길 위에 스페인풍의 집들이 늘어선 고풍스러운 골목들은 카페와 식당과 기념품 가게들로 술렁이지만, 나는 그 속에서 고대 잉카의 사라진 꿈을 보았다. 완전히 사라지지 않은 사라진 꿈들은 내 꿈속으로 찾아와 속삭였다. 인간의 흔적이란 그렇게 쉽게 사라질 수 없는 거라고.

골목의 분위기를 떠도는 잉카의 혼을 뒤따르며 골목을 헤매는 일은 행복했다. 왜 남미의 많은 문학 작품들이 마술적 리얼리즘에 기반을 두고 있는지 알 것 같았다. 쿠스코의 골목을 서성이다 해가 지기 시작하면 또 다른 분위기가 연출된다. 밤 골목을 가득 메우는 낯익은 안데스 음악 〈엘 콘도르 파사El condor Pasa〉가 광장 가득히 울려 퍼질 때 산스크리스토발 교회 언덕에서 야경을 감상하는 일도 쿠스코가 주는 행복한 선물 중 하나다. 서글픈 바람의 노래, 인디오들의 음악을 들으며 골목 바닥에 깔린 돌들과 광장의 기둥들이 어둠 속에서 신비롭게 빛나는 풍경을 눈 속에 담는다. 문자가 없어서 남기지 못했던 사라진 잉카 문명의 한 영혼으로부터 오랜 시간 날아온 편지가 마음속으로 도착한 것만 같았다.

아르마스 광장에서 마추픽추로 떠나는 페루레일의 기차표를 판다. 쿠스코의 골목길을 아쉬운 마음으로 떠나 드디어 오랜 세월 꿈꾸던 신비로운 공중도시 마추픽추에 도착했다. 주위를 빙 둘러 높이 솟은 기암절벽들과 무성한 숲들은 공중도시의 고독과 신비를 더욱 절절하게 느끼게 했다. 고대 잉카제국의 마지막 순간을 함께한 곳, 잉카 최후의 요새인 잃어버린 태양의 도시 마추픽추는 1911년 미국인 '하이럼 빙엄'이 발견할 때까지 아무도 모르게 숨겨져 있었다. 스페인 군대에 의해 멸망한 마추픽추는 밀림에 가려 아래에서는 전혀 볼 수 없고 오직 공중에서만 볼 수 있다 하여 '공중도시'라 불린다.

문명의 패망과 저항이 고스란히 서린 해발 2천4백 미터 안데스 밀림 속 바위산에 남아있는 공중도시 마추픽추에 가보지 않고 죽는 일은 억울

식물학botany | 130×162cm | 2017

하다는 생각이 들었다. 우주적 차원의 문명 작품이라 불리는 마추픽추의 화려했던 도시는 이제 흔적으로만 남아있지만, 그 흔적에도 놀라운 잉카의 혼이 고고하게 서려있다. 1만 명의 잉카인들이 살던 요새 도시 마추픽추는 상상 속에 그려본 것보다 더 신비롭고 고고했다. 그곳에서 어떤 포즈를 취하고 사진을 찍던 당신은 영화 속의 주인공이 된다. 혹시 나 자신도 모르고 있는, 세월에 묻혀 잃어버린 마추픽추 같은 영토가 우리들 마음속에 남아있지는 않을까? 내 마음속 꼭대기에 아무도 모르는 채 남아있는 태양의 도시, 마추픽추여, 영원하라.

섬 속의 도시, 그리스 산토리니

서른 살 무렵 누군가 내게 세상에서 어디가 가장 아름다운지 물으면, 나는 망설이지 않고 그리스의 섬들이라고 말하곤 했다. 그중에서도 하얀색 집과 파란 지붕이 그림처럼 빼곡히 모여있는 그리스 산토리니섬의 풍경을 오래도록 잊지 못했다. 그건 마치 여행길에서 짧게 만나 좋은 기억으로만 남은 사람에 대한 그리움 비슷한 거였다.

살아보니 여행을 하는 일도 사람을 만나는 일과 비슷하다. 두 번 가면 실망스러운 곳도 있고, 아예 살아보면 훨씬 좋은 곳도 있다. 지금은 흔히들 가는 인기 여행지가 되었지만, 처음 가보았던 1990년대 초만 해도 그리스 에게해 섬들은 달나라처럼 신비로운 곳이었다. 나는 그곳에 세 번 갔다. 2010년에 두 번째로, 그리고 이태 뒤 산토리니 미술관 프로젝트의 일환으로 몇 사람의 화가들과 함께 세 번째 그리스 여행을 했다. 가난하지만 때 묻지 않은 풍요로운 여유가 느껴졌던 아테네 사람들의 분위기는 경제 사정이 많이 나빠진 탓인지 삭막하기 그지없었다. 아테네에서는 관광객들이야 어찌 되었든 거리 곳곳에서 파업을 부르짖는 노동자들의 시위가 한창이었다. 하지만 도시를 떠나 배를 타고 아름다운 에게해의 섬을 향해 떠나는 마음은 설레었다. 미코노스, 크레타, 중세 도시 로도스 섬 등, 산토리니 말고도 여러 아름다운 섬들로 이루어진 그리스의 섬에 가는 일은 늘 설렌다. 문득 1년에 반은 그리스의 섬에서 살며 글을 쓴다는 무라카미 하루키가 부러웠다.

우리 일행은 드디어 산토리니섬에 도착했다. 유람선에서 내려 케이블카를 타고 피라 마을에 올라 다시 버스를 타고 한없이 구불거리는 높은 언덕을 올라갔다. 바다를 끼고 올라가는 섬의 풍경은 척박하고 한없이 넓었다. 배에서 내려 버스를 타고 화산재가 쌓인 황량한 풍경들을 한없이 지나 그림 같은 '이아 마을'에 당도했다. 에게해에 펼쳐진 4백 개가 넘는 섬 가운데 가장 매혹적인 섬 중 하나인 산토리니의 '이아 마을'은 4천 년 전 화산 폭발 때문에 절벽이 된 가파른 땅에 하나둘 집을 짓기 시작해 형성되었다. 그리고 지금은 하얗게 채색된 꿈속 같은 풍경을 이루었다. 하얀 미로 같은 골목들을 헤매며 예쁜 기념품 가게들을 구경하고, 노천카페에 앉아 에게해를 닮은 푸른 하늘을 지치도록 바라보다 일몰의 시간을 기다리는 일은 행복하다. 흰색 마을이 붉게 물드는 개와 늑대의 시간에 맥주 한 잔 마시며 집에서부터 가져온 근심 걱정을 모두 내려놓는다. 이제는 기념품 가게들이 즐비한 상업화된 곳이라 해도, 누구에게나 산토리니의 일몰은 여전히 나만의 일몰이다.

해가 지면서 하얀 집들에 조명이 하나둘씩 켜지기 시작하면 마치 다른 세계로 전환되는 기분이다. 아쉬운 건 하얀 집들과 푸른 하늘의 배경에 검은 옷을 입은 할머니들의 실루엣이 겹쳐지던 독특한 풍경을 이제 볼 수 없다는 것이다. 오래전 그리스의 섬에서 마주쳤던 검은 옷을 입은 할머니들은 이제 다 돌아가시고 한 명도 남지 않은 듯했다. 검은 옷에 검은 머플러를 한, 등이 굽은 할머니들과 찍은 사진이 지금도 남아있다. 왠지 돌아가신 할머니를 찾아 헤매듯 나는 검은 옷을 입은 할머니들을 찾아다녔지만 보지 못했다.

골목골목마다 미로로 이어진 이아 마을의 골목길들을 사랑한다. 그곳에서 우리는 순전히 그림을 그리기 위한 소재들을 찾아다녔다. 예전에 짧게 갔다 왔을 때는 아쉬워 자꾸만 뒤돌아보던 풍경이었다. '하루만, 아니 한 시간만 더 머무르게 해다오.' 이런 기분이 들 만큼 못내 아쉽던 산토리니의 풍경이 한 열흘 머물며 일상이 되어갔다. 기념품 가게를 들어가는 일도 시들해졌고, 일몰의 아름다움도 일상이 되어가자 슬슬 섬에서 머무는 일이 지루해졌다. 그림을 그리기 위해 마을의 골목들을 하루에도 수십 번 배회하며 산토리니식 계단들을 스케치했다. 그러다 그곳에 사람 다음으로 많은 당나귀들에 눈이 멈췄다. 항구에서 마을까지 사람을 태우고 5백 개가 넘는 계단을 오르내리는 당나귀들을 바라보며, 나는 매일 당나귀를 그렸다. 문득 '프란시스 잠'의 시 「나는 당나귀가 좋아」의 구절들이 떠오르던, 이제는 또 먼 과거가 되어버린 한여름 밤의 꿈이다.

"물푸레나무 긴 울타리를 끼고 걸어가는 / 순한 당나귀가 나는 좋다.

(……)

가난한 사람들을 태워주기도 하고 / 호밀이 가득 든 부대를 나르기도 한다.

(……)

내 사랑은 당나귀를 바보로 안다. / 어쨌든 당나귀는 시인이기 때문이다.

(……)

측은한 생각이 들 만큼 당나귀는 너무나 일을 많이 한다.

(……)

당나귀한테 물어라, 나의 소녀야. / 내가 울고 있는지 웃고 있는지를.

당나귀는 대답하지 않을 것이다. / 당나귀는 어두운 그늘 속을

착한 마음 한 아름 가득 안고서 / 꽃 핀 길을 걸어가고 있을 것이다."

잔지바르 또는 마지막 이유

코카서스, 바람의 도시를 가다

코카서스 3국은 강대국들에 둘러싸여 온갖 수난을 겪었던 슬픈 역사를 지닌 아제르바이잔, 아르메니아, 조지아, 세 나라를 일컫는다. 19세기 초 러시아제국의 영토였던 세 나라는 러시아 혁명기에 잠시 독립했으나, 1991년 소비에트 연방이 붕괴할 때까지 소비에트 사회주의 연방공화국으로 오랜 세월 소련의 영향 아래 있었다.

온통 노랗게 물든 낙엽들이 차창 밖으로 휘날리는 풍경을 바라보며 제일 처음 간 곳은 나프탈렌이 발명되었다는 아제르바이잔이다. '나프탈렌'이라는 단어만 들어도 향수가 느껴졌다. 그 냄새를 마지막으로 맡아본 건 언제였을까? 그 이름이 아득한 추억을 몰고 오는 아제르바이잔의 수도 바쿠의 구시가지를 걷는다. 구불구불한 미로 사이로 오래된 집들이 이루는 풍경이 아름답다. 아제르바이잔이 불의 나라라면, 수도 바쿠는 바람의 도시라고 한다. 바쿠 남쪽에 있는 고부스탄 지역의 2만 년된 암각화들을 보면 힘세고 중요한 존재는 크게 그려져 있고, 약한 존재는 작게 그려져 있다. 이를테면 소는 크게, 말은 작게 그려져 있다. 원시시대를 지나 농경

시대에 접어들어 가축을 치면서부터 동물들이 사람보다 작게 그려져 있다. 크기란 얼마나 심리적인 개념인가? 크게만 보이던 초등학교 운동장이 지금 가보면 너무 작아 보이는 것처럼.

조용한 마을 쉐키로 이동하면서 3백 년 묵은 실크로드 상인들의 숙소 카라반사라이에 들렀다. 한쪽 구석에 있는 70년대 아날로그 텔레비전에서 알아들을 수 없는 아제르바이잔어가 지지직거리며 흘러나왔다. 닫히지 않는 화장실 문, 낡디낡은 소파와 침대의 불편을 감수한다면 3백 년 된 건물의 풍치는 고풍스럽다. 호두나무숲을 이루는 아름다운 길을 달려 국경을 통과하면 와인의 원산지 조지아가 나타난다. 조지아 남자들은 하루종일 와인을 마신다고 했다. 수도 트빌리시에서 만두를 먹었던 기억을 잊을 수 없다. '힝칼리'라 불리던, 입 안에서 육즙이 향긋하게 터지는 만두의 맛은 조지아에서만 맛볼 수 있는 별미다. 조지아 여행의 하이라이트인 다비드 가레자 지역의 동굴수도원 라브나 수도원도 빼놓을 수 없다. 절벽에 있는 우브르노 동굴 수도원군을 답사하며 세찬 가을바람에 온몸이 흔들렸다. 신들의 요새라 불리는 우플리스치케에서 미로 같은 신비로운 동굴도시들을 답사하는 것도 행복했다.

고즈넉하고 신비로운 종교 영역을 떠나 스탈린의 고향 고리에 도착했다. 20세기의 독재자 스탈린은 1879년 조지아 고리시에서 태어나 신학교를 졸업한 열등감 많은 학생이었다고 한다. 1921년 소비에트 혁명이 성공하고 레닌이 뇌졸중으로 쓰러진 뒤 스탈린은 정권을 잡는다. 스탈린 정권 당시 비공식적으로 1천만 명이 목숨을 잃었다고 한다. 스탈린 기념관을 둘러보며 세월의 무상함을 깨닫는다. 아름다운 조지아 군용도로를 타고 가며 코카서스 산맥의 장엄한 산들로 둘러싸인 마을에서 카즈벡산을 바라본다. 여기는 도대체 어디일까? 높은 절벽 위에 설산을 배경으로 서 있는 게르게티 삼위일체 성당, 3천 년의 역사를 지닌 고도 므츠헤타에서 유네스코 문화유산인 즈바리 수도원과 스베티츠호벨리 대성당 등을 둘러보는 일은 경이롭다.

트빌리시로 돌아와 버스를 타고 아르메니아로 향했다. 낙엽이 노랗게 물든 아르메니아의 가을 숲에 붉은색은 없었다. 새빨갛게 타오르는 한국의 단풍 풍경이 그립지는 않았다. 그저 온통 노란 아르메니아의 산 풍경에 마음이 녹아내렸다. 얼마나 서러워서 노랗게 되었나? 끝없는 산들이 자연산 가을 가발을 덥수룩 쓰고는 나를 맞았다. 설악산, 내장산, 금강산, 북한산…… 내 나라의 모든 산들이 한꺼번에 떠올랐다 사라졌다. 그리고 남은 건 아르메니아, 아르메니아. 갑자기 오래도록 닫힌 마음의 문이 활짝 열리는 기분이었다. 그 노란 낙엽들의 길 끝에 하얀 설산이 나타났을 때, 숨이 턱 막혔다. 산다는 게 붉게 물든 단풍산과 노랗게 비명을 지르는 낙엽길에서 하얀 설산으로 이어진 산행이라면, 구불거리는 산악지대 사이사이의 수많은 사연들은 아무것도 모르는 듯 잠시 접어놓고 그저 풍경을 즐기는 거다. 그런 마음속의 소리가 들려왔다. 경이로운 수도사들의 세계를 엿볼 수 있는 동굴수도원들을 돌아보자 이곳으로 여행 온 이유를 알 것 같았다. 복잡해진 마음을 하얗게 비워보라고 마음속의 또 다른 내가 속삭였다.

　예레반 시내의 아르메니아 대량학살기념관에서 나치 독일에 의한 유대인 학살보다 더 잔인했다는, 터키에 의한 아르메니아 대학살의 역사를 보았다. 핍박받은 과거를 지닌 우리는 모두 형제다. 예레반 시내 한복판의 공화국 광장을 거닐던 기억이 오늘처럼 생생하다. 예레반을 떠나기 전날 밤에는 공화국 광장에서 불꽃놀이가 한창이었다. 마치 다른 우주에 떨어진 듯 신기했다.